—建物と対話する男たち—

春田 尚 HARUTA Nao

文芸社

目次　「カマキンとニュートリノ」

三重塔

二〇一五年の春だった。桜が舞い散り、園内の花見客もまばらになった頃、響一は横浜の三溪園を訪れた。

昼過ぎまで降っていた小雨が上がり、やや薄曇りの午後。

大きな古びた木柱の門を右に曲がり園内に入ると、右側に受付があった。

「間古渡《まこと》と申しますが」

「ああ、新しいお掃除の方ね。聞いてます。園内の奥の三溪記念館に事務所があるので、そちらへ行ってください」

「ありがとうございます」

響一は軽く会釈して園内に入った。

受付にいた中年女性がしげしげと響一の後ろ姿を眺めた。

「ねえ、あんな働き盛りの男の人が清掃員なの？」

彼女は振り返り同僚に問い正した。

「そうねえ。珍しいわよねえ」

二人は互いに顔を見合わせ、この場にちょっとそぐわない風貌の新入りを、やや戸惑いの表情を浮かべながら見送った。


響一もはじめて来たこの誉れ高い庭園の入り口に戸惑いながら足を踏み入れ、場違いな思いで細い歩道を歩き始めた。

受付を後にして数歩歩くと急に視界が開けた。そして、いきなり眼前に広がったのは庭園のイメージとはかけ離れた巨大な池だった。

「でか!」響一は驚いた。

池は響一の前方の歩道を右端へ押しやって、左右の視界いっぱいに広がっていた。手前に古びた小舟が一艘浮かんでいる。その先には満々たる水量がたたえられた巨大な池がさざ波を立てつつ奥へ奥へと空間を占拠し、大空を映して輝くその広大な水面を、鴨の家族がゆうゆうと泳ぎ渡っていた。鴨の泳ぐさまを目で追った。池の対岸へと連なって行く。すると池の対岸、真正面に、逆光を破って黒々と盛り上がる巨大な山が迫ってきた。山は高く盛り上がり、高く盛り上がったその上に、黒い威厳に満ちた三重塔を頂いていた。塔は絶対的な存在感でそこに在った。園内に入った者は、まずこの三重塔と対峙する。塔は時に微笑んで親しく出迎え、時に威厳の塊になって入園者に迫って来るのだった。響一には後者に見えた。塔が、まるで高い山の上から新参者の響一を見据えているようだった。彼は思わず立ち止まって塔と向き合うことになった。

にわかに雲間から太陽が光線を投げかけた。三重塔は午後の銀色の光を受けて燦然と輝いたのだった。背後の雲たちは虹色に輝きながら風にうごめき、三重塔の周りで踊る迦陵頻伽《かりょうびんが》のよう。

響一は古い日本庭園の想定を大きく外れたこの風景に度肝を抜かれ立ち尽くしていたが、ふと我に返り雇用手続きのために三溪記念館を目指し歩き始めた。池に沿って歩いていると、薄曇りの中に聳え立つ山の上の三重塔が、あたかも彼を現実から離れた幻想の世界へと引き込んでいくような気がした。

採用の事務手続きが終わると、担当者が教えてくれた。

「あの三重塔は室町時代の作で重要文化財なんです。原三溪（富太郎）先生が京都の燈明寺から移築したもので、三溪園のシンボルなんですよ。園内の建築物は歴史的にも貴重なものばかりなので、その点よろしくお願いします。間古渡さんは長年建築のお仕事をなさっていたようなので、よくおわかりになるのではないでしょうか。仕事は明日からお願いしますので、今日はゆっくり園内を見て回っておいてください」

「承知いたしました。よろしくお願いいいたします」

響一は厳かな場の雰囲気に気おされて、丁寧に頭を下げ、事務所を後にした。

（はああ、室町時代か。この庭園、俺ついていけるかな。父さんやトシなら喜ぶかもしれないが。でも……）

再び歩きながら響一は思った。

（木がいっぱいあるな。首をくるのにちょうど良い木があるか探そうかな。よし、それを当面の楽しみにしよう……）

臨《りん》春《しゅん》閣《かく》

　事務所がある三溪記念館を出て左に折れ、しばらく小道を歩いていくとおもむろに広い場所に出た。

　池のある広い庭だ。今度の池は日本庭園らしい静かなたたずまいの池だ。池の周りに敷き詰められた芝生が、春を迎えて青々と目に鮮やかだ。青い芝生の上にもっと青い、背の低い松が点在している。それらの松は繊細な松葉を持ち、非常に形よく整えられていて、軽妙に池の周りにリズムを与えていた。数々の大きな美しい石たちもまた池の要所要所に配置され、見る人に退屈さを与えない重要な役柄を演じていた。

　池はよく見ると単調な水たまりではなく、左の方向から小川がそそぎ込み、小川の先は野性的な大胆さで、谷へと続いていた。どうやらこの先に山があり、渓流が落ちているらしい。

「まあ、ここはふつうの日本庭園ということで、次、次」

響一が通り過ぎようとすると、不意に一羽の白鷺が池の石に舞い降りた。私の美しさを鑑賞しなさいとばかりに絵の中心にいて動かない。響一はとりあえず白鷺が誘うがままに観客になることにした。

白鷺は黄色い長いくちばしを突き出し、その横にある涼しげな切れ長の目を輝かせ、小さな頭の下の長い首をしなやかにS字にくねらせたりして、真っ白な女性的な体をどのように美しく魅せようかと、まるで試行錯誤しているかのようだったが、ようやくポーズが決まったのか、美しい二本の足の一本を折り曲げてくちばしを直角に左に向け、美しい横顔を見せた。黄色い細いくちばしの先から切れ長の目がある顔と長い首、なで肩の胴体、折り曲げた足までが緩やかな曲線をつくり、松の緑を背景に立つ真っ白な白鷺は、本人の努力の甲斐あってか、典雅な日本画のように美しかった。

が、すでに響一にとって白鷺はもはや主役ではなく、最高の飾り物になっていた。

「おい、ちょっと待てよ。悪いけどおまえどころじゃないぞ」

彼の視線は白鷺をスルーし、その背後に建つ木造の古建築に当たって動かなくなっていた。むしろ白鷺の美しさが際立ったのは背景にこの古建築が横たわっていたからに違いない。響一はまたもやその場に立ち尽くしたまま動けなくなり、古建築にくぎ付けになってしまった。

池の向こうに連なって立つその古建築は、『臨春閣』と呼ばれる優美な邸宅建築だった。

その邸宅は、それぞれが繋がった三つの棟を持ち、それらの棟がゆったりと重なり合いながら池に沿って雁行をなし横たわっていた。各々の棟はなだらかな勾配の檜皮《ひわだ》葺《ぶ》きの屋根を持ち、軒の水平線が美しく連続している。一番左の棟だけが二階建てである。一番右の棟だけは他の二棟と異なり、屋根の下に細い白壁と裳階を持っているため、真ん中の棟より少し屋根が高い。こうした三つの棟のデザインのバリエーションにより、水平に重なり合う屋根の線に軽妙なリズム感が与えられていた。小気味よい配置の洒脱さだ。

軒の下には白壁ではなく真っ白な障子が軽やかに一面に貼られていて、春の風光に清らかに輝いていた。なんて端正な、そして儚げな美しさだろう。背後の新緑の山につつまれて障子の白さが冴えわたっていた。

池に臨んで横たわる檜皮葺きの屋根の御殿の風景は、その先に流れる小川に沿った、いくつかの古建築までをも抱きかかえるようなやまなみに囲まれて、ひっそりとそこに現れたのだった。あたかも歴史の彼方から現れた夢の御殿の風景だ。ガラにもなく響一は陶然となった。

「これは美しい。日本の美。水平線の美。極まれりだ」

響一は思わず独り言を言った。

極めつきは、このまぼろしのような優雅な御殿が背後の新緑の山に抱かれたまま、池にその姿を映していることだった。

「いとおかし」

ふいにガラにもなく響一の頭に古文の名句が浮かんだ。彼は、これを最後の感想にしておくことにした。

そして時間がないので立ち去ることにした。白鷺はとっくにいなくなっていた。

「なんだ、ここは。京都かよ。あんなものに出会うとは」

響一は頭の整理がつかないまま見学歩きを再開した。

亭《てい》榭《しゃ》

臨春閣を過ぎると地形は林の中の深い谷になり、渓流が池に水をそそいでいた。池を回り込むように林の小道を進むと渓流はさらに深い緑に囲まれた谷へと流れていった。やがて小道は緑の木立に覆われて、ささやきかけるように垂れ下がる木の枝の中をぬっていくと、小道の前方に、今度は立派な唐破風《からはふ》の屋根と腰掛けを持つ、古色然とした、小さな橋が現れた。

後に響一がその名を尋ねたところ『亭榭』という橋なのだった。橋は深い緑の草木に埋もれるように森の中に浮かび上がっていた。中世のおとぎ話に出てきそうな風情だ。橋の手前に葉桜になりかけた桜の木があって、はらはらと花びらを橋に振りまいていた。またしても夢幻世界のような、古びた美しい橋のたたずまい。

「また出たぞ。『いとおかし』が」

亭榭にさしかかった響一は、好奇心からちょっと橋の欄干の腰掛けに座ってみることにした。悠久の時の彼方から出てきたような豪奢な橋の座り心地はどんなかな。座ってみると、すっぽりと深く、豊かな緑の木々のグラデーションに埋もれた。木々の間から、先ほどの臨春閣が絵画のように眺められた。なかなか贅沢な気分だ。

「これは最高にいいぞ」

新緑が香る空気を吸い込んでくつろいでいると、疲れが出てきたのか響一は眠くなってきた。

「橋、橋。同じ橋でもこの間見た世界最高の橋とはまたずいぶん違うな」

響一は、この中世のおとぎ話のような橋の豪奢な唐破風の屋根の下で、思わずうとうとしながら、二週間前のことを思い出していた。

「もう行くわよ。早くしなさい！」

妻の美里の怒声が飛んでいた。

「待って。やっぱり亜美ちゃんにもらったぬいぐるみも持っていく！」

娘の梨央が家の中に戻ろうとするのを、息子の誠志郎が呼び止めた。

「だめだよ、梨央。あんなでかいもの、もう入らないよ」

「だって、あれは亜美ちゃんの分身なんだもん。あの子がいればいつも亜美ちゃんと一緒にいられる！」

「あとでパパに送ってもらいなさい」

「やだ！　あの子がいないと寂しい。梨央が淡路島まで抱っこしていく！」

梨央は家の中に駆け込み、チップとデールのチップの方の巨大なぬいぐるみを抱えて戻ってきた。

「梨央、早くしなさい。早く車に乗ってちょうだい！」

「もう、出かけるぞ」

響一もうながした。が、梨央は動かない。ぬいぐるみを抱いたままじっと家を見つめて立っている。

「本当に戻って来れるの？　おうちがなくなっちゃうんじゃないの？」

梨央が今にも泣きそうな顔で言った。

「大丈夫よ」

美里が梨央を抱くようにして車に乗せた。

「いいわ」

「じゃ、行くよ」

こうして響一の家族は、事務所の建設作業用のワゴン車に積み込めるだけの荷物を積み、横浜市内の自宅を出て兵庫県の淡路島へ向かった。梨央は後部シートで美里に肩を抱かれながら、家が見えなくなるまで後ろを振り返って見つめていた。

「パパ、梨央あの家大好きなんだよ。さすがパパが建てた家はかっこいいな〜って。友達にも自慢してるんだよ。特にあのピロティとバルコニーがかっこいいじゃん。んで、不思議な入り口が二つあって、中が広がってて中庭があって片方が会社で片方がプライベートなんて、かっこいいよね。あたしさあ、仕事の大人の人たちがいっぱい来るから、家にいてもお嬢っぽく顔作ったりしてたんだよ」

「それはご協力感謝。あの家は家自体が展示場だからね、住んでる人のライフスタイルもカッコ良くないとな。だけどピロティなんてよく知ってたなあ」

「パパよく言ってたもん」

「そうなんだ。パパは学生時代から鎌倉の近代美術館が大好きだったから、いつかあいう家を建てたいと思ってたんだよ。ピロティとか中庭がある家だよ。軽量鉄骨ならふつうの住宅でもいけると思ってね。もっと造りたかったんだけどな」

と口を滑らせそうになって、響一は口をつぐんだ。実際に中庭があってよかったと思った。家族に仕事の様子を悟られずに済んだ。

「梨央、鎌倉の美術館なんて行ったことないよ。パパまたこっちに戻って来たら連れていって」

「そうだな」

運転しながら響一はこみ上げるものを必死でこらえた。

「さあさあ、梨央。淡路島に着いたら、ママが思いっきりきれいなところに連れていってあげる！　神戸だって簡単に行けちゃうんだから楽しみだよね〜」

美里が割って入った。

「でも、亜美ちゃんがいない。ほかの友達もいない。淡路島は田舎でしょ。ずっといるのはやだ。梨央は東京や横浜のそばがいい。絶対帰って来るからね」

梨央はぬいぐるみに顔をうずめて泣き出した。

「泣くなよ、梨央。きっと大丈夫だよ。俺は淡路島楽しみだよ。前行った時、おじさんたちや享ちゃんたちと遊んで楽しかったじゃん。東京にいればいいってもんじゃないよ。せっかく行くことになったんだから頑張ろうぜ」

誠志郎が兄らしく声をかけた。梨央はまだ泣いている。泣いている梨央の傍らの美里も、運転している響一も、親としての体裁を保つのが精一杯だ。先行き不安と重責に押しつぶされそうなのは大人の方だった。気を緩めれば疲労と不安が決壊する。

それからは車内はお通夜のように全員が押し黙り、重苦しい空気になった。

淡路島は妻の美里の故郷だ。親戚もたくさんいる。タマネギ農家を営む美里の兄一家が、三人を受け入れてくれることになった。美里はそこで農作業を手伝いながら収入を得、二人の子供を育て上げることになる。響一は横浜に残り事務所の残務整理をする。

「大丈夫よ。農作業は子供の頃から慣れてるのよ。あなたの大工仕事と一緒よ。でも私は途中で投げ出さないで東京に来るまでちゃんと手伝ってましたからね。これでも結構信用あるのよ」

響一が建築事務所を畳むことになり、妻子を養えなくなって、情けない話だが仕方なく妻子を妻の実家に預けることにした時、妻の美里はこう言った。

響一は美里の気丈さが心底ありがたかった。

「すまない。よろしく頼む」

響一は、美里に繰り返し頭を下げるしかなかった。

「本当言うけど」

美里が漏らした。

「正直、お父さんや敏夫さんに気を使うより、農作業の方が気が楽よ」

「わかってるよ。本当に苦労をかけた」

美里が、淡路島の大自然の中で身内に囲まれてのびのび暮らせるのが、響一にはせめてもの救いだった。

ワゴン車は、東名、名神を通って第二神明道路に入り、夕方に海岸線に出て、あるパーキングエリアで止まった。

「ここで降りちゃうの?」美里が聞いた。

「ここからなら、『明石海峡大橋』の夕焼けがよく見えるからさ」

「ほら、美里、誠志郎、梨央、見てごらん。あれが『明石海峡大橋』だ。世界一長い吊り橋だよ」

目の前に、緑色にライトアップされて夕焼けに映えた、巨大な吊り橋が見えた。明石海峡大橋は、明石海峡の荒ぶる海の上をはるかに越えて、神戸と淡路島の間を、延々と渡していた。

「この海峡は風も潮の流れももの凄く速いんだ。そこにあの支柱を二本だけ立てて自動車道路を吊ってるんだよ。人間て凄いものつくるよな」

「凄いな。凄い自然との闘いだね」

「そうだ。まさに、人間が大自然の脅威を克服した象徴だ。この瀬戸内海あたりの潮の流れの前には人間なんて枯葉みたいなもので、あっという間に潮の流れにもまれて流されて、海の恐ろしさを思い知ってきたそうだ。人々は目の前に見える淡路島へなかなか行けなくて、淡路島の人々も水や物資が輸送されなくて困ってたそうだ。

それがこの橋のおかげでそんな困難が克服された。誰もが自由に淡路島と本州を行き来出来るようになったんだ。淡路島の反対側には淡路島と四国をつなぐ『大鳴門橋』があって、明石海峡大橋が出来たおかげで本州から四国までも直通になったんだ。凄いだろう？」

「大鳴門橋って鳴門のうず潮のところ？」

「そうだよ。あっちは鳴門のうず潮が出来るくらいだから、もっと海流がせめぎあって潮の流れが激しいんだ。東京湾や相模湾とは全然違うんだぞ。その分うまい魚がいっぱい捕れるらしいけどな」

「へえ。そうなんだ」誠志郎の目が輝いた。

「きれい～！　あれを渡って淡路島へ行くの？」

「そうだよ」

「え～、けっこう都会じゃん」

「そうなんだろうな」梨央が喜んだので、響一も少しほっとした。

その晩、四人は神戸に泊まり、翌日少し神戸観光をしたのち、淡路島の妻の実家へ向かった。

妻の実家では、長男である妻の兄一家が家を継いでいた。

兄一家は、響一たち四人をあたたかく迎えてくれた。かつて両親が住んでいた隣の家を自由に使ってよいと言う。

響一は妻の兄夫婦に手をついて頭を下げた。

「お義兄さん、お義姉さん、何卒よろしくお願いいたします」

「ほんなん、気にせんでええわ。おじいちゃんたちも年やさかい、人手が増えて喜ぶと思うわ。ようけおる方が寂しないわ。誠志郎君、梨央ちゃん、淡路はええとこやで。人生は、いろいろやから楽しまな損やぞ。ほんでもな、響一さんよ、おまえ、はよ仕事やり直さにゃあかんぞ。家、ないよなっても、また建てたらええやん。まだ若いんやから、また頑張りゃええやないか」

「はい」

響一はわかってはいたが、実際に義兄にこう言われると、骨身にこたえるものがあった。

「……ママ、おうち、やっぱりなくなっちゃうの」

梨央が美里の腕をつかんだ。

「まだ決まってないわよ」

響一と美里は、いつまで世話になるかわからない義兄一家にひたすら笑顔で頭を下げながら、子供たちのご機嫌をとるのに苦心さんたんした。その様子を誠志郎は黙って見ていた。

「それでは、本当にご面倒をおかけしますが、よろしくお願いいたします。誠志郎、梨央、元気で頑張ってな。美里、あとのことは、よろしく頼むな」

響一は三人を妻の実家に残し、淡路島を辞した。

その日の夜遅く、響一は、一人空っぽのワゴン車で横浜に帰って来た。一足先に、家族の引っ越しはすませていた。子供たちが春休みになるのを待って、ついに妻子をも淡路島へ送り届け、別れてきたところだ。がらんとした我が家に一人腰を下ろし、美里に帰宅を報告した。美里は電話で、あのあと泣きじゃくる梨央をなだめるのが大変だったと、疲れた様子で言っていた。


響一は、三溪園の亭榭と呼ばれる古風な橋の上で、いつの間にかうとうとと眠りに落ちていたのだった。目覚めると、ぼんやりと二週間前に家族を淡路島へおいてきた日のことを思い出していた。神戸でポートタワーの展望台へ上って、神戸港へ行って、南京町で豚まんを食べて、何より、前日夕景に映える明石海峡大橋を見て、みんなで歓声を上げた。少しの時間だったが最後に家族の笑顔が見られてよかった。

明石海峡大橋を見て目を輝かす誠志郎の顔が、父親として響一は嬉しかった。こいつにも俺のＤＮＡが受け継がれてるんだろうか。かつての俺と同じ目をしていた誠志郎。そうだ、俺も子供の頃、霞が関ビルを見て、俺は大工の家に生まれたけど、町の人の家ばっかり造ってないでいつかこんなでっかいビルを造るんだ！　と興奮したものだ。

あの明石海峡大橋を見ていた時は、響一も若い頃を思い出して興奮した。

「凄いよな、明石海峡大橋は。小さな人間の弛《たゆ》まない努力の結集が、手強い大自然の中で生き抜く手段を得たのだ。技術力の進歩こそ、まさに生物の一種としてのヒトの進化だとは思わないか。大きいものを造ることで、人間はどんどん可能性を広げてきたんだから」

などと興奮していた響一が、今は小川にかかるほとんど中世の小さな木の橋に鎮座している。彼は我ながら、おかしくなった。

（全く、同じ橋でも、この橋と明石海峡大橋はえらい違いだな）

桜も盛りを過ぎた平日の午後遅く、園内を散策する客はほとんどいなかった。

響一は一度うたた寝から目覚めたものの、疲れからこの木の橋の腰掛けから立ち上がれず、再び深い眠りに落ちていった。

(もう、どうでもいい。とりあえず家族を安全な場所に移せてほっとしたよ。三人はなんとかなるだろう。問題は俺だが……俺は、美里の兄さんの言う通り気張ってやり直せるかわからねえよ)

響一は憔悴しきっていた。

(俺は明石海峡大橋みたいな進歩的な建築を目指していた。それのどこが悪いんだよ。元はと言えばなあ……ああ、何だかここにいると時間がわからなくなる)

響一は引き込まれるように、昔のことを思い出していった。

まこと工務店

響一の実家は横浜の郊外で代々大工を営んでいた。響一が幼い頃、祖父が屋号を『まこと工務店』とした。祖父は生涯この屋号を気に入り自慢していた。

「ただの『大工間古渡』から『まこと工務店』になったんじゃ。近代的じゃろう。まことの仕事のまこと工務店じゃ。おまえたちもその名に恥じぬまことの仕事をしていくんだぞ」

祖父は常日頃そう言い、それに対して父は毎度真剣に「はい」と答えていた。父は実直な人間だった。祖父のような豪胆さはないが、まさに誠心誠意目の前の仕事にコツコツと取り組む職人気質だった。日頃は無口で物腰も柔らかかったが、弟子たちの仕事ぶりにはくまなく目を光らせ、気を抜いた仕事をする者には非常に厳しかった。

近代化という意味では父は見かけによらず、祖父に劣らないほど大胆だった。祖父が亡くなり『親方』を引き継ぐと、父は店を有限会社とし、『有限会社　まこと工務店』を発足させた。それはやがて『株式会社』になった。父は、社内の就業規則や労働規約、給与規定などを次々に整備し、職人の古い慣習や時代にそぐわない礼儀作法、伝統的な師弟関係にも一定のガイドラインを設け、社会に適応すべく合理化した。

しかし、『職人の意地』にだけは決して変革を持ち込もうとはしなかった。

響一が中学生になったある日、仕事が休みの日に弟子がいない夕飯の席で、父ははじめて響一に会社のことや仕事の話をした。弟子がいない夕飯は静かで少し寂しかったが、響一と響一の姉にとっては父が「お父さん」に戻るので嬉しかった。しかし、この日はちょっと違った。父は酒を飲みながら、おもむろに独り言のように話し出した。

「いただいた仕事には、きっちりとまことの仕事をしなければいかん。仕事とは『職人の仕事』ということだ。『作業員の仕事』ではないのだ。うちの仕事は職人の仕事でなければならない。そのためには弛《たゆ》まぬ修業がいるのだ。修業を重ねてきっちり磨き上げた職人の技術じゃないとだめなのだ。それがゆえの『まこと』工務店なのだ。だからこそ、施主様はうちを選んでくださって、お金を払ってくださるのだ。

代々一心に築き上げてきた『まこと』の、木に向かう技を落とすわけにはいかないのだ。だから、一心に職人技を磨く意地のある者しかいらないのだ。同じ木に対する心意気を持つ者同士だから、互いを敬うようになり、絆が生まれる。そして、長い時間を共に過ごすことによってはじめて、互いの長所短所を熟知して互いに補い合える最高のチームが出来る。人間的にも互いを熟知することで、共に成長し信頼し合えるチームだ。まこと工務店は、そういう職人の精神が主体の組織でなければならないのだ。だから俺は人を育てるためには心魂を傾け時間をかけるのだ。いい職人を育てて共にいい仕事をする。これが経営の主体だ。それに、いい職人を残せば、未来の日本にも日本の大工の美しい文化が受け継がれるからな」

　そんな話をしている時、父は嬉しそうだった。父は酒を飲みながら焼き魚と芋の煮つけをうまそうに食べていた。響一は、日頃寡黙な父が、こんなに饒舌になったのに少し驚いたが、若いうちから仕事を仕込まれる職人の世界では、響一はすでに心構えが出来てくる年齢になっていたので、父も自分を一人前に見てこんな話をしてくれるようになったのかと、響一は少し嬉しかった。もっとも、その頃響一は大工仕事の手伝いにはほとんど身が入らず、ごくふつうの中学生生活を謳歌していたのだが。

　その言葉のごとく、父は弟子を育てるのには骨身を惜しまず尽力していた。ただし、今時の若者に、はじめから昔のような『職人の心構え』を強いても無理なので、父なりに新しい弟子が無理なく会社に馴染めるように工夫と努力をする必要があった。新入りの弟子には、弟子がやってくる一時間も前から作業場を暖め、練習用の木材と鉋《かんな》を準備して、学校の先生か父親のごとく褒めたり励ましたりしながら根気よく教えていた。

「〇〇君、今日は昨日より良く出来たなあ。でも鉋の研ぎ方は頑張っていこうな。どうしたら良くなるかなあ。」

弟子の好きなおやつを用意して、兄弟子も交えて雑談しながら一緒に食べる。風呂も夕飯も共にする。そんな時は響一も一緒だった。つまり父は若い弟子たちを、自分の本当の息子同然に育てていた。

古き良きやり方だが、職人の生活を身につけさせ、職人の心を養っていくには、父はこのやり方と決めていた。親方や兄弟子といつも一緒にいる中で、体が技と職人の心意気を覚えていき、また技が研ぎ澄まされていくものとして譲らなかった。

「サラリーマンみたいに、時間が来たらぱっと切り替えて別の人間になったりしてはダメだ。職人はあくまで職人なんだ。自分の技と職人気質にプライドを持って、職人の仕事と人生を全うせねばいかんのだ。そういう人間を育てて本当の仲間にしていかないと、『まこと工務店』が『まこと工務店』でなくなってしまうんだ」

父は酒を置いて飯に取りかかった。大きめの椀によそわれたたっぷりのアオサと豆腐の味噌汁をすすりながら、漬け物と飯をかわりばんこに上機嫌で食っていた。しかし響一は、上機嫌の父を眺めながら思っていた。

（未だにそんなこと言ってるのか。今時の横浜で、そんなやり方で人が育つわけないじゃん。みんな嫌になってやめちゃうよ）

響一は脱力した。父は祖父と同じことを言っているが、時代が進んでいる分、父の方が重症だと思った。大工大工していた祖父に比べれば一見現代的に見える父も、中身は祖父以上の〝ジュラシック人間〟だったのだ。響一は、自分の血とこの家の長男という自分の立場を思って、先が思いやられるような気がした。

「なに、俺だって古いことばかり踏襲しようというのではない。今時の若い子が馴染みやすいように、スタイルを変えているんだ」

確かに、古いと言っても父の若い「弟子」への接し方は、祖父の時代のやり方とはずいぶん違う。祖父は昔風の職人で、弟子には「仕事は盗んで覚えろ」とか、礼儀作法とか心構えを叩き込み、風呂では弟子に背中を流させ、夕飯では上座に座って酌をさせたりして親方然としていたが、父は全くの対等か、むしろ父が弟子に仕えていた。

「今時の子に昔みたいにしたら、寄り付かないからな。まずは仲良くなって、腹を割って、その子に合った育て方をするんだ。西岡棟梁《とうりょう》の口伝にも『木の癖組みは工人の心組み、工人達の心組みは匠長が工人への思いやり』とあるだろう。なに、十人も接すれば一人ぐらいは当たる。その一人を見つけるまでは、根気よく情をかけてやるんだ。その子が仕事がわかってきて雰囲気が変わってきたら、本格的に仕込むんだ。でも、結局は本人が身につけるまで待つしかないな。職人の技というのは、教えて身につくものではないからな。そして無理だと思う者には、やめてもらうしかないな」

「また西岡棟梁か。お父さんは住宅の大工なんでしょ。宮大工の真似をすることないじゃない」

響一は、はじめて父に反論した。中学生の響一なりに会社のことを案じ、自分なりの考えも持っていた。

「今時大工をやりたがる若いやつなんて少ないのに、西岡棟梁みたいに本人が黙々と腕を磨いて一人前の職人になるのを待ってたら、会社は潰れちゃうよ」

「やる気で来る者は、誠心誠意面倒を見る。その中で育つものは育つ。育たない者は育たない。結局は本人の心意気と器だ」

「だから、そんな悠長なこと言ってられる時代じゃないんじゃないの。そんな伝統技術にばかりこだわってないで、心意気と器がなくても造れる家を造ったら？」

「響一、おまえはまだ子供だからわからないだろうが、木の家を造るということはそんなに一朝一夕に出来ることではないのだ。木は鋼材などとは違って、生き物なのだ。生きた素材を使って家を造るのだから、木の性質をよく知り、木と対話しながら造り上げることが出来なければならない。そのためには、それなりの経験と熟練がいるんだ。プラモデルじゃないんだからな」

「プラモデルみたいな家も必要なんじゃないの。世の中はプレハブとかセキスイハイムとか、工場で造っちゃって、簡単に組み立てて出来ちゃう家がたくさん出てきてるんだよ。うちみたいに昔ながらのやり方だけだったら、負けちゃうんじゃないの」

「うちが守っているのは、スタイルではないのだ。先祖代々、長年培ってきた木と対話する技術だ。良い家を建てるには、木をどのように切り出せば良いか、どのように仕口をつくれば良いか、ただ鋸でやればいいというものではない。いちいち木の呼吸を見ながら、適切に道具を使ってな。全てをそうやっているわけではないが、そうした長年の先祖代々の木との対話の経験の蓄積が、今この俺の手に伝わっているんだ。その、伝統の木との対話の経験の結集のおかげで、木と共同製作で良い家が建つんだからな。これを伝統技術というのだ。今風に言うと、伝統技術とはうちの長年の木造建築のノウハウの結集だな。これは一朝一夕に出来るものではない。非常に貴重でかけがえのないものだ。だから、是非ともこれからの時代にも受け継いでいきたいのだ。しかし、こればかりは、紙に書いて残せるものではない。誰かの体に覚えさせなければならないのだ」

「俺が覚えなきゃいけないの？」

「さあな。まだおまえは中学生だからわからないな。おまえは今は勉強したり、スポーツをやったりして、職人を目指す気になったら言ってこい。職人は人に言われてやって出来るものじゃないからな。しかし、うちに伝わる技術の重みというのもわかっただろう。この技を受け継げるのは貴重なことだぞ。うちの息子に生まれたのなら、この先祖代々がつくり上げ、磨き上げてきた職人技の伝承の重みをよくわかっていくことだ」

父は茶を飲み終わると立って行ってしまった。あえて、響一に「答え」は聞かなかった。

父親も、会社がなんらかの転換を迫られていることはわかっていた。かつて自分の父親、響一の祖父の時代は、『大工間古渡』は近隣の村人の家を全て建て、修理して面倒を見たりして、村人の信頼を一身に受けていた。村の世話役を任され、常に中心にいて村をまとめていた。その甲斐あってか、近隣の農家は豊かな家も多く、贅沢な大型住宅を建てる家も多かった。

しかし時代が下がって来るにつれ、村人は田畑を売って宅地にし、小さな建売住宅をたくさん建てたり、まこと工務店の先代が建てた大農家風の伝統的な和風建築の邸宅を取り壊してハウスメーカーの家を建てたり、大工の出番は減っていった。大工は村の中心ではなくなり、村の世話役は自治会組織に取って代わられた。

それでも、代々近隣の町の人々からの信頼は厚く、今でも家のことで困ると、古い住民は父親に相談に来ていた。かねがねそれを父親は、

「代々の先祖が築き上げた功徳だ。そして、長年うちを信頼してくださった町の方々のおかげだ」

と感謝していた。が、同時に、

「今や木造の伝統建築だけでは住民の要望に応えられない。代々地域に根付き貢献してきた『まこと工務店』として面目の立たない思いだ」

と、父親は悩んでいた。

まこと工務店は、木造伝統建築の職人の会社として専門性を極めていくか、地域の

工務店としてあくまで地元の人々の生活に寄り添う存在となっていくのか。響一の父は岐路に立っていた。

響一の父は、後者の道の可能性を出来るものなら探りたかった。

まこと工務店は常に村人と共にあった。まこと工務店の茶の間にはいつも村の人たちが上がり込んで茶を飲み、色んな話をしていた。そこに職人たちも混ざっていつもにぎやかだった。響一が子供の頃、響一や職人の子らが茶の間で学校の宿題をやっていると、いつの間にか、他の村の子供らも入って来て、今でいう学童保育所のような時もあった。村人が農作業で忙しい時、子供をまこと工務店によこすのだった。響一の母はいつもかっぱえびせんを大量に買っておいて、子供らの真ん中に置いていた。

屋根の雨漏りや押入れの建て付けなどを直すと人々は喜び、謝礼と一緒に米や野菜を持って来てくれたものだ。また、響一が子供の頃うちの前で遊んでいると、村の大人たちからよく飴玉などをもらった。響一はそれが嬉しかった。

まこと工務店は、いつも人々と共にあった。

響一の父はどちらかといえば自らの技に没頭したい職人タイプだったが、人好きな一面があり、村の人々と苦楽を共にする在り方を望んだ。ひたすら技を磨いて伝統建築の雄となり、裕福な顧客や商業施設などの専門性の高い仕事だけ引き受ける超然とした会社として生き延びるよりも、住宅回りのより身近な工事、修理などに重点を置き、さらに新しい工法に版図《はんと》を広げ、あくまで地元密着型工務店として存在し続ける方が、先祖方にも喜んでもらえる道だと思っていた。

敏夫

　響一の方も、父親が自分に後を継いで大工職人になるように言わなかったことに複雑な思いだった。

（お父さんは俺を職人にするのを見限ったということかな？　それとも会社の方針を変えていくつもりなのかな？　見限られたとしたら、ちょっとショックだけど。どっちにしても、今回は俺は思い通りに出来そうで良かったぜ。俺はまだまだやりたいことも勉強したいこともあるんだ。職人の道を決めつけられるのは絶対に嫌だからな。今のところは助かったぜ！　よっしゃあ！）

　響一は胸をなで下ろしたのちに、一人で派手なガッツポーズをした。

（というのも、あいつがいるからだな……）

「あいつ」というのは、響一のひとつ年下の大工見習い、楢山《ならやま》敏夫のことだった。敏夫は響一の父の弟子の息子で、父は敏夫を息子同然に可愛がっていた。敏夫の父親は古くからまこと工務店で働く弟子頭であった。体を壊して独立を諦め、まこと工務店で、社長で親方の響一の父をずっと支えてきた。その妻も、生活のためにずっと働きに出ているので、敏夫は小さい頃から互いの親が仕事を終えて帰って来るまで、響一やその姉と一緒に響一の家で過ごしていた。

学校から帰ると敏夫は、「ただいま」とまこと工務店の事務所を通って奥の茶の間へ上がり、響一の母親に挨拶してから茶の間に行儀よく座り、宿題を始めるのが習慣だった。そのうちに響一や響一の姉や、他の大工の子供や村の子供なども学校から帰ってきて、みんなでがやがや宿題をやったり、サボって遊んだり、けんかをして響一の母に怒られたりしながら過ごしていた。

敏夫はどちらかというと大人しいやさしい子供で、愛らしい笑顔を持ち、響一の家族や会社の従業員らに愛されて育った。子供の頃から生意気で自己主張の強い響一に比べると、父親譲りの礼儀正しさを持ち可愛らしい敏夫は、皆を和ませた。男の兄弟がいない響一からしても、敏夫は弟同然であり、一番の友達であり、気分の良い子分だった。が、敏夫は勉強が苦手だった。

「おう！　みんなそろそろ空き地行ってごろベース（三角ベース）やろうぜ！」

宿題を一番に要領よく終わらせて、声を上げるのはいつも響一だった。

「おう！　やるべ、やるべ！」

男の子たちは「待ってました」とばかりに立ち上がる。

「あたしもやる！」

女の子も急いで勉強道具を片付けて席を立った。

みんなが外に出ていこうとする時、必ず敏夫が待ったをかけた。

「待ってよ。俺、まだ宿題終わってないよ」いつも泣きそうな声だった。

「またかよ、トシい。おまえ、なんでいつも一番に来てるのに、いつもビリなんだよ。しょうがねえな。姉ちゃんに教われよ」

「やっぱり、またあたしがトシくんの勉強みるの？　まあいいわ。あたし、ごろべースなんかよりテレビ見たいから、トシくんと一緒にここにいる方がいいわ」

響一の姉は、敏夫が勉強が出来ないせいで毎日不満を言っていた。

「姉ちゃん、悪いな。トシ、早く終わらせて来いよ！」

響一は他の子供たちと一緒に遊びに行った。

茶の間にはいつも響一の姉と敏夫が残った。

「まあ、いいよ。トシくん、みんないない間にお菓子食べちゃおうか」

「うん」

「だけど、なんでトシくん算数こんなにわかんないの？　勉強嫌いなんだね」

「うん」

「でも大人になってから困るから、ちゃんとやっとかなきゃだめよ」

「う〜ん。でも俺大人になったら大工になるから」

「大工は算数出来なきゃなれないのよ」

「ほんと？」

敏夫は困った顔になった。しばらく下を向いてから、

「俺、大工になりたいから頑張る」

敏夫は小さい声で呟いた。

勉強が終わると敏夫は一目散に響一たちのところに走って行った。

「響一兄《に》いい！　俺も入れて〜」

「よし。トシは一塁。浩二がピッチャー」

響一たちはそれぞれの親が迎えに来るまで遊んで、やがて日が暮れる頃には響一と敏夫だけになっていた。

響一と敏夫は工務店の職人たちが現場から帰って来るのが遅い時は、響一の母と姉と一緒に夕飯をすませ、風呂に入って、敏夫の親が来るのを待っていた。職人たちが

早く戻ってきた時は、響一と敏夫は職人たちと一緒に夕飯を食べた。

敏夫の父親はいつも響一の両親に恐縮していたが、響一の父は、

「気にするなよ、栖さん。子供はみんなで育てるものだ。それに、俺も敏夫には期待してるんだ。敏夫は性格がいいから、今にいい職人になるぞ」

と、父親を前にして早々と職人にしたいとまで言っていた。敏夫のことが余程気に入っていたのだった。

響一が小学校四年生になる頃から、響一の父は響一に大工仕事を手伝うように言うようになり、学校から帰ると遊びに行くより先に何やかやと仕事を言いつけた。一つ年下の敏夫も一緒だった。二人は互いに励まし合ったり相談したり、不満を言ったりしながら、大工仕事を覚えていった。現場には行かないから、主に倉庫で道具の管理をしたり、職人たちが現場から帰って来た時に後片付けを手伝い、道具を管理するのが常となった。はじめは電動工具や身の回りの装備品などを担当していたが、だんだんと鉋《かんな》や鑿《のみ》を研ぐのもやらせてもらえるようになった。

響一は、やがていろいろなことに興味を持ち、友達も増えて大工仕事に身が入らなくなり、何かと理由をつけては大工仕事をサボっていたが、敏夫はずっと言われた通りに熱心にやっていた。響一がサボりたいと言っても敏夫が、「いいよ」と言って響一

の分も引き受けてしまうので、響一にとってはこれほど都合の良い『弟』はいなかった。

それは敏夫が従業員の子であるからだったり、気がやさしくて真面目だったからだけでなく、敏夫自身が大工仕事に面白味を感じ熱中していたからだった。敏夫は、元々内気な性格で、友達と群れて遊び回るよりも、一人黙々と大工仕事をしている方が楽しかったのだった。

中学生の頃には、敏夫はその父親同様にスジのいい、いっぱしの職人の雰囲気を身にまとっていた。言葉は少ないが、確かな仕事ぶりが大人の信頼を得ていた。その敏夫の成長の様子を見て、響一の父は敏夫の父親に黙って微笑んだ。

（ほれ、おまえの息子は、やっぱり本物だったな）

敏夫の父親も、

（はい）と目を細めた。

代々伝統的な木造建築をもってするまこと工務店の親方であり、社長である響一の父にとって、最も重要なのは後に続く立派な大工職人を育てることだった。それは第一に本人の技量と覚悟が重要なのであって、自分の息子かどうかは重要な条件には当たらなかった。会社も株式会社になっており、今後成長するためにも、世襲にこだわってはいられなかった。

(俺は、子供の頃から仕込まれて大工の仕事に打ち込んできた結果、先祖代々のまこと工務店を他人に任せることなく引き継ぐことが出来たが、果たして響一はどうだろうか。今のところ、響一はふつうに中学生生活をするのに一生懸命で、大工仕事にはあまり熱心ではないようだ。響一には引き続き仕事を手伝わせながら、様子をうかがおう。無理強いしたところで、職人の生活は続かないからな。しかし敏夫は、まさに天からいただいた逸材だ。楢さん譲りの大工の素質がある上に、今時珍しい辛抱強い努力家だ。そして何よりも、本人が大工になりたがっているのだ)

響一の父と敏夫の父親は、中学生の敏夫を見守りつつ将来の話もした。

「楢さん、俺は将来、敏夫をしっかりと一人前の職人に育てるべく、社員として正式にまこと工務店に迎え入れたい考えなのだが、どうだろうか? そして敏夫には是非、やがてはただの職人ではなく、親方が務まるようになっていってもらいたい。うちが受け継いできた技を、敏夫に全てしっかりと受け継がせて、さらにその次の世代へ伝承していってもらいたい。敏夫には是非、そういう職人になっていってもらいたいのだ。響一のやつは、いろんなことに興味を持っていて、全く職人を目指す気配がないのだから、遠慮する必要はない」

「はい、ありがとうございます。敏夫がそれを聞いたら喜びます。敏夫は大工仕事を天職と思っているようなので、そんな道をつけていただけるなら、これ以上ない幸せです」敏夫の父親は喜んだ。

そしてある日、響一の父と敏夫の父親は、敏夫自身を交えて敏夫の将来の話や進学の話をする場を持った。敏夫は、「まこと工務店で一人前の大工になりたい」と言い、二人の『父親』の提案に目を輝かせた。

響一の父は大いに安堵し、敏夫と敏夫の父親に感謝した。その晩、響一の父は敏夫の父親を招き、二人だけでささやかな祝いの酒宴をもうけた。

「栖さん、これから二人で、また他の兄弟子たちと共に、敏夫を日本の木造建築技術を後世に伝えられる立派な職人に育て上げよう。そのために俺も覚悟を決める。俺の全てを敏夫にそそぎ込む覚悟だ。そして敏夫がさらに技を磨き続け、俺を超えてくれたらこんな嬉しいことはない。栖さん、俺は敏夫に出会えて本当に嬉しい。本当に感謝しているよ。今日はめでたい。未来への希望が生まれた日だ」

「はい。ありがとうございます」

敏夫の父親も目頭が光っていた。

「敏夫は厳しく育てましょう。私は許されるなら、敏夫だけでなく優秀な職人を宮大工のところに修業に出すのはどうかと思いますが」

「うん。木を極めて後世に受け継ぐためならな。覚悟がある者にはどんどん修業させよう」

「はい。そういう職人がまこと工務店からたくさん育つよう、私も今以上に精進しますよ」

「楢さん、これからも共に頑張ろう」

カマキン

そんなことがあった頃、響一にも一大転機になる出来事があった。

学校の課外授業で鎌倉近代美術館、通称「カマキン」へ行ったのだ。響一ははじめは気が進まなかった。美術館といえば単調な広々とした空間が次々と連結していて、よくわからない絵がこれでもかこれでもかと並んでいるのを、順番に人の後について観て歩かなければならない。ふざけてしゃべってもダメだし、順路を外れて動き回ってもひんしゅくを買う。

(退屈そうだよなあ……)

響一は友達に目くばせした。

ル・コルビュジエの弟子の坂倉準三という建築家が昭和二十六年（一九五一）に建てた日本ではじめての近代美術館だという。伝統木造建築の大工の息子の響一にとっては、隣の鶴岡八幡宮の社殿の方が親しみやすかった。その鶴岡八幡宮の境内地にあるというのに、何だ、この殺風景な白い箱は。

(よくわかんねえ建物だな。窓も何にもなくて、階段があるだけじゃん。しかも本体は二階にせり上がってるし、入りにくいよなあ。斬新と言うよりも、煉瓦っぽい表情の外壁がむしろ古き良き外国風だし。なんだか得体が知れねえな)

響一は、古都鎌倉にいきなり渡来してきたようなそのヨーロッパ風の白い建築物に違和感を覚え、外国人の家に入るような異文化への緊張感に包まれた。実際初対面の「カマキン」は、そういう一種異国情緒のようなオーラをまとっていて、まずは一瞬引いてしまいそうな拒絶感の洗礼を浴びせかけ、その後から未知のものへの憧れや羨望を湧き上がらせ、最後には是非とも中に入ってみたいという好奇心や期待感を抑えられなくする魔法の顔をしているのだった。響一がこのような忙しい思考と感情のプロセスを経て「カマキン」に心奪われて彼と対峙していた時、引率の美術教師が声をかけてきた。

「間古渡君、どうですか。面白そうでしょう。間古渡君のおうちは建築のお仕事だから、間古渡君は絵だけじゃなくて、建物もよく見てみると面白さがわかるんじゃないかなあ」

「はい！」

響一は打って変わって元気に答えた。

「でも先生、俺んち建築じゃなくて大工なんだけど」

「ははは、いいじゃないですか。大工さんだって建築家でしょう。視野を広げれば大工さんの仕事の〝肥やし〟にもなりますよ、きっと」

「はい！」

響一は嬉しくなった。美術教師の言葉で『大工』の世界と『建築家』の世界に風穴が開いた気がした。響一は心に何か明るい光が射し込んでくるのを感じた。

その『謎の白い箱』には、本当に窓も何もなく、ピロティで『白い箱』は二階に浮いている。『箱』の外壁の中央やや左寄りが四角く切り取られている。そこから大きな階段が下りていて「中へ入られよ」と誘っていた。

生徒たちはいよいよ大きな階段を上って、『白い箱』の内部へと向かった。階段を上り詰めると、こぢんまりとした個人宅のような開き戸があった。美術教師がそのドアを開けた。

「さあ、ここが宝箱の入り口だよ！」

生徒たちはわくわくしながら中へ入った。響一も興奮していた。

中に入ると、本当におとぎの国の館のような、どこか異国風の空間が広がっていた。漆喰の壁にリノリウムの床が、どこかあたたかさや懐かしさを感じさせる。適度な空間の広さが、人を飽きさせない居心地のよさをつくっている。響一は『白い箱』の中に一歩入るや、この建築物の虜になってしまった。

歩を進めていくと、次々にわくわくする空間の展開に遭遇した。「あの角を曲がったら？」「あのドアを開けたら？」――期待に胸を躍らせ、そして建築は常に期待以上の贈り物を用意してくれていた。

「なんて、面白いんだ！　それに、なんて洒落てるんだ！」

時代が古いからだろうか。確かに他の美術館に比べて天井が低く、部屋もこぢんまりしていて、心地よい安心感がある。そして、建築家はル・コルビュジエの弟子だけあって、どこかフランス風の香りがする空間だ。その壁に絵画はごく自然におさまる。絵画とは本来、広い非日常的な空間で見世物のように掲げられるものではなく、適度な距離感で人と対話するものだろう。ここはまるで誰かの家にいるみたいに、響一はどこか親しみを感じながら絵を観ることが出来た。

(それでも、やっぱり絵ばかり観てるのは疲れるよ)

響一が、次の部屋へ重い足を運ぼうとドアを開けたら、意外にもパッと屋外の渡り廊下へ出た。渡り廊下は右側がバルコニーになっている。響一が、そのバルコニーから階下を見下ろすと、大谷石の壁に囲まれた中庭があり、中庭の真ん中からイサム・ノグチの彫刻がユーモラスに笑いかけてきた。

「ははは、ひょうきんな彫刻だなあ」

響一は心が癒されていった。バルコニーに体をもたせ掛けて休んでいたら、さわやかな風が吹いてきて、いろいろな日常が頭から去っていくような気がした。

（ここって「カマキン」の館ワールドだな。無理して難しい絵をわかろうとしなくてもいい気分になってくるんだ。石と金属で出来てるのに、風が季節を運んでくる気がするよ）

友達が集まってきて、みんなでイサム・ノグチの彫刻を観て騒いだ。

「なんだよ、あれ！」

「宇宙人みたいだな〜！」

「あ、かわいい」

「笑ってる〜」

バルコニーだから少しくらい騒いでも大丈夫だ。気晴らしが出来たので、みんなで次の展覧室へ行ったら、そこはとてもアットホームな小さな部屋で、響一たちはホッとした。

やっと『勉強』が終わった。生徒たちはさっきのバルコニーの傍らにあった階段を一気に駆け下りた。

「わあ！」「すげー」

いきなり目の前に、蓮の葉が群生する平家池が広がった。白い天井を見上げると、太陽の日を浴びてキラキラ輝く池の水紋が、そのまま投影して同じようにキラキラと輝いていた。

「この天井の水の模様も、光の絵みたいだね」

一人の女子生徒が言った。

「ほんとだよな」

「きれいねえ。キラキラしてる」

キラキラ輝くその天井画に生徒たちは見とれて、しばらくじっと見上げていた。響一は密かにそっと好きな女子生徒の隣へ寄って、話しかけるチャンスをうかがった。が、彼女は、

「あ、あっちにも彫刻がある！」

と叫んで走って行ってしまった。響一は、スベった。

その後生徒たちは、隣接する新館の展覧室へ歩を進めた。そこはがらりと変わっ

て、緑色のガラスのカーテンウォールの空間だった。大きなガラスに囲まれた部屋が、蓮の葉が群生する平家池に突き出るように造られていた。ガラス面に覆いかぶさるように、部屋の周囲を池の蓮の葉が囲んでいる。まるで平家池の中に浮かんでいるような透明なガラスの部屋。ガラスの壁面から陽の光が燦燦と降りそそいでいた。その素晴らしい空間に佇んで、生徒たちは絵画を眺めた。絵画を眺めている生徒たち自身が絵画のように光に縁取られていた。響一は再び好きな女子生徒を探して横に並んでみようかと思ったが、再びスベると恥ずかしいのでやめておいた。

家に帰ると、いつものように敏夫が大工仕事に励んでいた。響一は敏夫が一心に鉋の刃を研いでいる傍らへ行き、今日観てきた「カマキン」の素晴らしさを興奮気味にまくし立てた。

「とにかく凄い建築だったぞ。俺、あんなものはじめて見たよ。空間の構成がすげえんだ。順路通りに歩いたり、階段を上り下りしてると、目の前の空間の世界が次々に変わるんだ。その変わり方が想像を超えてるんだよ。一見モダニズムそのものっていうか、造りはふつうの、わりと単純な西洋建築なんだけど、いきなり屋外に出たり、池にせり出してみたり、ガラスの部屋に入り込んだり、空間の演出の仕方っていうのかな、すげえ面白かったぞ。それだけじゃなくて凄く居心地がいいし、いろんなインスピレーションももらえるしな。おまえも絶対行って観て来いよ。そうだ、今度の日曜日に一緒に行こうぜ！」

敏夫は作業をしながら、突然の響一の介入を迷惑そうに、黙って聞いていた。響一の力説には関心を示さなかった。

「今度の日曜日は、この前の雨の日に出来なかった仕事を現場でやるっていうから。現場を見られる機会はなかなかないから、俺行くことにしたんだ。響一兄《に》いには悪いけど……」

「おまえ、もう現場行ってんのかよ。中学生が現場で働けるのかよ」

「働きはしないけど、俺、現場の仕事見たいから見学に行きたいんだ」

「ほんとかよ」

響一は、しばらく敏夫が砥石で鉋の刃を研ぐ作業の様子を眺めていた。他の職人と比べても、手つきも手際もすっかり堂に入ったものだった。いつの間にか敏夫は身も心も大工になっていた。顔つきも急に大人びて、年上の響一が学校の話などしても、以前のようにはしゃがなくなった。響一はちょっと敏夫の成長ぶりに負けそうになった。

「おまえ、ほんとにこのまま大工になるつもりなの？」

「うん。そうだね。大工になれたらいいと思ってるんだ」

「おまえ、部活とかやんねえの？　大工になったら一生大工だよ。今のうちにいろんなことやっといた方がよくねえか？　高校受験もあるから塾に行くとかさ」

「俺、先生に勧められて陸上部に入ったんだけど、元々そんなに足速いわけでもないしさ。朝練とか放課後とか練習ばっかりで、大工の仕事出来ないからやめようと思ったんだけど、父さんが体は鍛えなきゃだめだから続けろって。だから先生に言って朝練だけ出させてもらってるんだ。でも、そしたら、先輩とかにいろいろ言われるし、同じクラスの部員からも仲間外れにされるしさ。困ってるんだ」

　敏夫は、本当に困ってる時の泣きそうな顔になった。この顔は子供の頃と同じ顔だと響一は思った。

「なんでだよ。大工の仕事なんて、高校出てから本気でやればいいじゃねえかよ。中学生なんだから中学生時代らしいことを楽しまないと。今やっといた方がいいことがたくさんあるんだよ。将来のためにも、いろんなことやっといた方がいいぞ。陸上部ちゃんとやれよ。確かに体は鍛えておいた方がいいし、みんなで競い合って頑張るのが大事なんだからさ」

「やっぱりそうかなあ。響一兄いはバスケだね。面白い？」

「すげえキツくて、すげえ面白いけど、俺も正直失敗したかなって。俺あんまり身長伸びなさそうだから、やっぱ野球にしておけばよかったかな」

「俺にはバスケは絶対無理だなあ。俺、集団でやるの苦手だから。一人で大工仕事してるのがいちばん楽しいんだ。木の匂いを嗅ぎながら木をいじってるのが凄く好きなんだよ。だから、大工の仕事やってるのは、将来のためとか、父さんや親方に言われてるからだけじゃなくて、俺自身が楽しいからなんだ」

敏夫は急に嬉しそうになった。

響一は黙って、敏夫が嬉しそうに自分が研いだ刃を光にかざしている姿を見つめていた。

「うん、でも、そうだよね。やっぱり陸上部はちゃんとやることにするよ。体は強くしないとね。それにさ、棟梁になった時、人をまとめられないとだめだから、集団生活にも慣れておかないと。響一兄いの言う通りだね。ありがとう」

「棟梁？」

響一は絶句した。

「おまえ、棟梁になりたいのかよ。おまえ、本当にそれしか考えてないの？　それで高校はどうするんだよ？」

「うん。俺、農業高校へ行きたいんだ。西岡棟梁も農業学校へ行ったからさ。木のことをよくわかるようになるには、土のことがわからないとだめだって。俺もそう思ってさ」

「また西岡棟梁かよ。おまえも、もう完全にそっち側の人間だな」

響一は天を仰いだ。

「響一兄いは、大工にならないの？」

「俺、まだわかんねえ。今日観たカマキンも凄かったたし、小さい頃観た霞が関ビルも忘れられないし……おまえみたいに大工一本て気にはまだなれねえかな」

「響一兄いは俺と違って勉強も出来るしさ。いい高校へ行って、何にでもなれると思うよ。親方も、響一兄いには職人じゃなくて社長になってもらいたいんじゃないかな」

「おやじが何考えてるかわかんないけど、何にも言わないからまだ俺はやりたいことやってるよ。どうせなら、大工じゃなくて建築家がいいな、俺。なあトシ、建築家ってかっこいいじゃん。大工より建築家の方が、女の子にモテると思わねえか。ぜってー建築家の方がモテるよ」

「えっ、女の子？　俺、女の子にモテたことないから、わからないよ」

敏夫は顔を赤くして照れまくった。

「でも、女の子が好きかどうかわからないけど、俺は大工もかっこいいと思うよ。地鎮祭の時なんか、親方や父さんたちが印半纏《しるしばんてん》を来て並んでるところは、最高にかっこいいと思うよ」

敏夫が小さい声で言った。

響一は再び絶句した。

「今度は印半纏かよ！」

響一は決断した。

（俺は建築家を目指す。家業の伝統的木造建築ではない。どうしてもカマキンのような鉄骨や鉄筋コンクリートの建物をやってみたいんだ。先祖代々の『木造の住宅』の呪縛から自らを解き放ち、建築の扉を開くんだ。俺はでかい建物が造りたい。俺はトシのように職人の修業生活には向かないんだ。コンクリートの世界なら、もっともっと世界が広がる。海外にも視野が広がる。師匠も同業者も世界中に眼を向けるのは自由なんだ！）

さらに響一は考えた。

（まこと工務店が、将来的にずっと伝統的木造建築だけでやっていけるとは限らない。自分が幅広く建築を学べば、家業の役にも立つに違いない。幸い次世代の大工は、トシという自分の分身が育っている。大工仕事はトシにまかせて、俺は、家業のまこと工務店のためにも、鉄筋コンクリートをやるべきなんだ！）

響一は早速《さっそく》父親に願い出た。

「お父さん、申し訳ないけど俺は大工にはなりたくない。将来は大学の建築科へ行って、鉄筋や鉄骨も出来る建築家になりたいんです。先のことはわからないけど、まこと工務店の役にも立ちたいと思ってのことです。そのためには、まず学校の勉強を頑張りたいから大工の仕事は暇《ひま》を下さい。また、すみませんが、大学まで行かせて下さい」

父は、少し間をおいて、

「わかった」

とだけ言った。

「しっかり勉強しろ。おまえは受験勉強のことだけ考えてればいい」

響一には父の思いが伝わった。とにかく頑張ろうと思った。

響一はその後勉強に励み、見事志望高校へ合格し、さらに志望大学の建築学科を目指した。敏夫も志望通りに農業高校へ進み、相変わらず大工仕事の修業をしながら土や動植物のことを学んだ。

高校卒業後、響一は無事に志望通りの大学の建築学科へ入学を果たした。

敏夫は大いに喜んでくれた。

「響一兄い、おめでとう！　やっぱり響一兄いは凄いや。勉強出来ない俺から見たら、響一兄いはヒーローだよ。絶対に建築家になって、でっかいビルを建ててくれよ！」

そう言って、飛び上がって喜んでくれた。最近はいっぱしの職人風情で生意気なところもあるが、敏夫は相変わらず可愛い『弟』なのであった。

「トシ、ありがとうな。正直、俺が望み通り大学の建築学科へ行けるのは、全部おまえのおかげなんだ。おまえが、子供の頃から一生懸命大工の修業をして、大工を目指してくれたから、俺は別の道に進むことが出来たんだ。おまえがいれば、俺の親父もまこと工務店も安心だ。おまえが立派な大工になるように、俺も願ってるよ。もっとも、もう一人前になりかかってるけどな」

響一は、自分の代わりにまこと工務店を背負っていくだろう敏夫を、一生応援しようと思った。

父も喜んでくれた。

「響一、おめでとう。本当によくやったな。俺にとってもおまえは自慢の息子だ。まこと工務店のことは心配するな。おまえは立派な建築家になれよ。しっかりな」

響一の両親は、敏夫も呼んで、響一の合格祝いのパーティーを開いてくれた。

テイクオフ

合格祝いの行事がひと通り終わった頃、響一は思い切って父に尋ねてみた。

「お父さん、言える立場じゃないけど、俺はやっぱりまこと工務店が心配だよ。お父さんはこれからも、まこと工務店を伝統建築の大工の工務店としてやっていくの？」

父の答えは意外だった。

「心配するな、響一。俺だって、時代の流れは肌身で感じてわかってるんだ。おまえももう大人だから言っておく。俺は、まこと工務店を変えることにした。うちの技術力は高いから、富裕層や商業施設向けの和風建築専門の工務店として生き残る道も考えたが、うちはやっぱり先祖代々地元の皆さんと共に歩んできた。これからも、地元の皆さんと共に生きる大工としてやっていくんだ。おまえはそれが嫌だったみたいだけどな」

響一は、苦笑した。

「俺は正直、昔、お父さんやじいちゃんが、町の世話役みたいに大工以外の用事に奔走してるのがあんまりかっこよくないと思ってたんだ。俺は、ああはなりたくないと思ってた。今も、そういうとこあるけど。でも、お父さんやじいちゃんが、それだけ地元の人たちから信頼されてるのって凄いなあ、とやっぱり思うよ。だから、やっぱりお父さんが言う通り、まこと工務店は、地元のために頑張る会社であるべきなんだね。たださ……」

「おまえが言いたいことは、わかっている」

父が続けた。

「いつまでも古臭い伝統的な和風建築ばかり造るな、と言いたいんだろう。俺も悩んだんだ。俺も職人だから、伝統の技にこだわりたい気持ちは捨てきれないが、それだけでは世の中のニーズに取り残されるばかりだ。長年共にやってきた地域社会の皆さんや、不動産屋さんのご要望に応えられないようになっては申し訳ないからな。地元の信頼を失っては、ご先祖にも申し訳ない」

「そうだね」

「うちは、常に良い家を、安い値段で地域社会の皆さんへ提供出来なければならん。それがうちの第一の使命だ。自己満足に、職人気どりしているのは間違いだ。考えた末、俺はそう結論を出した」

「お父さん、凄いね」

「そこでだ。俺は在来工法で、洋間中心の現代的な家を造ることにした。そのために建築士を雇うか、どこかの事務所と契約する。職人も増やさなければならないかもしれない。もちろん注文があれば伝統的な建築もやるが、まこと工務店としては大転換することになるぞ」

「へえ、凄いね、お父さん。驚いたよ。これから、まこと工務店が変わるのが楽しみだね」

響一は、大工の親方の風貌そのものの父の柔軟性に驚いた。やっぱり父はプロなのだと思った。

「他人事みたいに言うな。おまえは当分学生なんだろうが、建築をやるんならいずれは会社のことも考えろよ。しかし、おまえも言っていた通り、何と言っても敏夫が育ってくれて、俺は大いにありがたい。あいつは次の世代の職人の中心になるぞ。どんな時代になっても、きっちり伝統技術が出来る職人がうちの中心だからな。職人の育成は絶対使命としてやり抜くのだ」

父の顔には、会社を変革する決意がみなぎっていた。

「響一、おまえは霞が関ビルみたいなのをやってみたいのかもしれないが……」

「お父さん。俺は、はじめからまこと工務店の役に立つことを考えてるんだ。高層ビルなんて目指さないよ。卒業したらどこかの建築設計事務所でしばらく修業して、一級建築士の資格を取って、その後いつか俺が役に立ちそうな頃必ず戻ってくるよ。俺はまこと工務店の選択肢を増やせるようにしたいんだ。俺が一級建築士になったら、きっと役に立つでしょう？　木造以外のものも出来るようになるしさ」

「確かにその通りだ。大工の俺の息子が一級建築士になって戻ってくると思うと、俺は仕事上頼もしいだけでなく、父親として誇らしいぞ、響一。木造の方は敏夫がいる。おまえはしっかり建築を学んで来い。ところで、おまえが戻ってくるまでどのくらいかかるんだ？」

「まだわからないけど、一流の大手建築設計事務所に行くには大学院まで行って、その二年後に一級建築士を取って、さらに修業するだろうから……」

「早くて十数年てとこだな。よし。頑張って来い。ありがたく思うぞ、響一。待ってるぞ、響一。俺が引退するまでに、力をつけて戻って来いよ。」

「わかった。お父さん、俺まこと工務店のために頑張るよ。会社の大事な時に学費がかかって申し訳ありませんが、よろしくお願いします」

この春は、響一にも、まこと工務店にも出発の春になった。

敏夫も一年後に農業高校を卒業し、晴れて一人前の大工としてまこと工務店に入社した。敏夫はすでにプロの職人の雰囲気を身にまとっていた。敏夫の就職祝いの宴は敏夫の家族と響一の家族と合同で行い、もちろん響一も出席した。

「敏夫くん、晴れて入社おめでとう。これからまこと工務店の主力として活躍していってくれることを大いに期待しています」

「ありがとうございます。ご期待に応えられますよう、全身全霊、頑張ります」

社会人になった敏夫は、高校を卒業したばかりとは思えないほど落ち着いていた。響一は、職業人として一歩先を行く『弟』がまぶしく見えた。

響一は横浜市内の実家から都内の大学へは通えたので、ひとり子供時代と同じように勉強部屋で勉学に励んでいて、職業人の中にあって孤立していった。

しかし敏夫とは、互いの勉強のために時間をつくって、ふたりで製図の練習をしたりした。本当の職人になった敏夫は、以前よりも響一が学んでいる建築に興味を示すようになった。響一も実務の世界にいる敏夫から吸収することは多かった。が、それもそうは長く続かなかった。互いの世界は離れていき、人生はすでに少年時代を過ぎていた。大学の授業とアルバイトで忙しい響一を抜き去り、敏夫は着々と人生のコマを進めていった。

「この車かっこいいな。誰の車？」

「敏夫くんのだよ」

「え、あの敏夫がこんな車買ったの？」

「だって、敏夫くん、彼女が出来たんだよ」

「え、あの敏夫が」

やがて、敏夫は可愛い若い女性を車に乗せるようになった。そして、

「あの職人気質の敏夫です。このたび結婚する運びとなりまして」

敏夫はあっという間に結婚した。そして響一が卒業設計に奔走している頃、敏夫はパパになっていた。

（女にモテなかったトシが、いつの間に……）

響一は、敏夫に軽い嫉妬心をおぼえた。オスは自らの妻子を持ち、子孫を増やし、ナワバリを広げるものに本能的に競争心を持つものだ。敏夫は社内でも存在感を増し、たくましい男になっていった。

（男は実社会で実力をつけると、変わるものだな。だが、今に見てろよトシ。俺は必

ずウルトラパワーアップしてまこと工務店に戻ってくるからな!)

響一は、自分自身と、まこと工務店の未来へ、その自信に揺らぎはなかった。

響一の父は、響一が大学へ進んでほどなく建築士を雇い入れ、まこと工務店の新しいスタイルの住宅モデルを模索し始めた。職人たちにも新しい工法の実習を徹底した。何人かの職人は営業に配置転換させた。何人かの職人は辞めていった。その社内改革の嵐の中で、敏夫たちは伝統建築の注文を受け続け、必死に会社を支え続けた。

(あの大工の親方然としていた父さんが、大したものだ)

響一は目を見張った。先祖代々の大工集団『まこと工務店』は、にわかに現代的に活気づいていった。

響一は学生時代から設計コンペの鬼になっていた。

(実戦を踏まないと、見えてこないからな)

響一の学生生活は多忙を極め、せっかく建築家の道を歩み始めたのに、響一の周りに女の子の気配はなかった。

響一は大学院を卒業すると、念願通り大手総合建築設計事務所に入社した。ここでも彼は社内設計コンペの鬼となり、いくつかの公共建築物コンペで勝利した。響一は社内で花形社員となり、多額の報酬も得た。

たまに敏夫からメールが来た。

【今日は三番目の子の運動会でした。俺は足が遅かったけど、〇夫は一等賞でビックリです】

などというメッセージと共に、敏夫一家大集合の写真だったり、

【新社屋完成しました。響一兄いも、早く見に来てください】

というメッセージと共に、まこと工務店の新社屋の前で社員が集合写真に納まっているものが添付されていたりした。建築士の人数も増え、大工以外の職人や現場監督なども増えているようだった。

（全くトシのやつ、子供ばっかりゴロゴロつくりやがって。会社の方は新体制が軌道に乗っているようで良かったな）

響一は仕事に没頭していた。仕事に自信がついてきた頃、響一は総務経理課にいた美里と結婚した。

響一は頃合いだと思った。父と会い、まこと工務店に入社したい意志を伝えた。響

一が大学へ入学し、敏夫がまこと工務店に入社し、父が会社を改革した頃から十五年近くが経っていた。ある小料理店の席で向かい合った父はさすがに年をとってはいたが、まだまだ生気みなぎる現役社長そのものだった。

「久しぶりだな、響一。よく戻る気になったな。俺は嬉しいぞ」

口を開いた父は、まずは喜んでくれた。

「うん。お父さんも元気そうで何よりだよ。まこと工務店もますます発展していて、素晴らしいね」

「ああ、ありがとうな。おかげさまで何とか時代の変化に対応出来てきたようだ。俺も少しは責任を果たせた思いだ」

父は、自信をのぞかせた。響一も嬉しかった。

「そこでなんだけど、俺もいろいろやってきて一定の経験も積めたので、そろそろまこと工務店の役に立てるかなと思ったんだ。父さん、時間がかかったけど、これから俺もまこと工務店の役に立たせてください」

響一は父に頭を下げた。父は柔らかい顔で響一を見返した。

しばらく沈黙があった。これはやはり独特の親子の情であろう。

ややあって父は語り始めた。

「うちは今、おかげさまでいろいろなことが上手くいっている。おまえが大学に入った頃から始めたフローリング住宅も好評だし、そのために再編成した社員たちも今では脂がのっている。新しい若い社員もどんどん入って来て、世代交代も上手くいっている。いちばんはじめに入ってもらった建築士の川田君は、やがて定年退職するかもしれないが、あとに続く建築士が何人も育っているから心配ない。一方で、相変わらず伝統建築の物件もやっているしな」

「凄いね、お父さん。俺、正直、まこと工務店がここまで変わって成功するとは想像もしなかったよ。本当におめでとう。お父さんと社員の皆さんの努力の賜物だね」

「おかげさまでな。社員のみんなが力を合わせて努力してくれたことと、地域の皆さんが受け入れてくださったことに尽きるな」

父ははじめて少し笑った。

「そこでおまえのことだが、正直今の社内は人数は足りているが、うちの仕事を覚えるために、今の設計チームに入ってもらいたい。おまえのような人材が入って来たらみんなも刺激になるし、新しい可能性も開けてくるだろう。しばらくはみんなと一緒にやってみて、その中で提案や改革案などは積極的に打ち出してほしい。まずは社員の一員として、みんなと仲良くやってくれ。チームワークを乱すなよ」

「というと、木造の在来工法の家をやるの?」

「そうだ」

「俺、手土産と言っては何だけど、○○市の小規模店舗併用ビルの仕事をもらってるんだけど、まこと工務店でやってもいいでしょう? RCだから施工は他でやるとしても、設計料だけもらえないかなあと思ってるんだ」

「うちは工務店なのに、うちで施工出来ないものをやるのか?」

「お父さん、この際設計事務所的な部署をつくってもらえないかな。そうじゃなかったら、俺が戻ってくる意味がないでしょう。もちろん、本業の木造住宅も一生懸命やるよ。でもまこと工務店の将来の発展のために俺はいろいろ学んできたんだから、出来る事を試みさせてもらえませんか」

響一は自信があった。

「わかった。おまえを頼みに戻ってきてほしいと言ったのは俺だ。考えよう。だが、楢さんや敏夫やみんなに話してみないとな。それから、やり方は俺が決めて、おまえに伝えよう」

(楢さんと敏夫……)

響一はずいぶん昔の感覚に襲われた。

「トシはどうしてるの？　相変わらず大工一筋なの？」

「敏夫は今は全てにおいて責任ある存在だ。二級建築士も取ったしな。昔のあいつとは違うぞ」

「へえ」

「響一、おまえは俺の可愛い息子だ。おまえが優秀なのも、長年他所で苦労し努力してきたことも知っている。しかし、まこと工務店に入るにあたって、社長の俺の息子だからと特別扱いするわけにはいかないからな。おまえのキャリアは、きちっと社員にも理解させる。その上でおまえに相応しい仕事をしてもらう。だから、おまえもそこはしっかりわきまえてやれよ」

「わかってます」

「それからな、響一」

　父は言った。

「俺の次の社長は俺が決めるからな。その気があるならしっかり励めよ」

「わかりました」

（いずれ社長になって、まこと工務店を発展させるために俺は戻って来たんだが。状況は不明瞭だ。なんか俺は、今のまこと工務店には、あえて必要なさそうだな。親父

の経営がこうも成功しようとは。俺はさしずめ外部から来た浦島太郎のピンボケ社員というところかな)

響一は思った。

独立

ほどなくして響一は、まこと工務店に入社した。敏夫は子供の頃に戻ったように喜んだ。

「響一兄い、本当に戻って来てくれたんだね。響一兄いと働けるなんて嬉しいよ」

会社は業務の調整を行って、響一に『手土産』のRC物件を手掛けさせてくれることになった。

「おまえの自己紹介代わりだ」

社長は後押ししてくれた。躯体の工事は専門業者がやることになったが、住居部分の内装工事はまこと工務店が請け負うことになった。

「響一兄いとの、はじめての仕事だ」

敏夫は意気込んでいた。

「よろしく頼むぞ、トシ」

「おう。まかせておけ、響一兄い」

敏夫とはいい仕事が出来そうだった。長い時を経て、父の会社で敏夫と一緒に仕事をする。今はお互いにプロだ。ついにこの日が来た。外の飯ばかり食ってきた響一もまた、感無量だった。

響一が手掛けた〇〇市のRC造の店舗併用ビルは、その地域で評判になった。まこと工務店には盛んに問い合わせが来た。長年まこと工務店と付き合いのある地元の不動産屋も、そのビルをインターネットで見て、

「まことさんの息子さん、あんなのも造れるの？　早く言ってくださいよ。〇〇市なんて遠い所で仕事しなくたって、地元にビル建てたがってるお客さんいるんですよ」

と顧客を紹介してくれた。ある老舗日本料理店の店舗建て替え工事だった。これには、敏夫が素晴らしい和室の内装工事をやってみせた。素晴らしい絞り丸太の床柱がついた床の間、手のこんだ組みものの障子、技巧を凝らした欄間に、床脇には天袋と違い棚まで付けた。響一は敏夫の腕前に息をのんだ。

「響一兄いのおかげで、久々にいい仕事が出来たよ」

敏夫は満足そうだった。

響一に仕事の依頼は次々に来たが、おかげで響一は、いつまでもまこと工務店の本

業の木造住宅の仕事に参加出来ず、それどころか響一の仕事の影響で会社の本来のスケジュールや人員配置が変更されるありさまだった。響一への社員たちからの不満や不信感が募り、響一は社内で孤立した。ついに社長は響一に業を煮やした。

「これでは、本末転倒だ！　響一、おまえの仕事が本業を圧迫するようになる。うちは代々木造住宅で信用を築き上げてきたんだ。おまえの仕事はまこと工務店のイメージを壊しかねん。質の高い木造住宅を追求して団結している社員たちのチームワークとモチベーションにも水を差すことになる。危なっかしくて俺は責任が持てん。おまえは、何とか社員たちと仲良く連携してまこと工務店に寄与することは出来ないのか！」

「それを考えるのはお父さんの仕事でしょう。俺という人材を生かすも殺すもまこと工務店の自由です。今のまこと工務店は珠玉の木造住宅を造り上げる素晴らしい会社です。そしてそれを創り上げたのはお父さんです。俺はそこに割って入って組織を壊すつもりは毛頭ありません。俺は代々この会社を育て上げてきたご先祖とお父さんを尊敬してるし、この家に生まれたことを誇りに思っています。しかし、俺はお父さんの次世代の人間として次の時代のことを考えていかなければならない。今お父さんの時代の花が咲いているうちに、俺は次の時代のことを考えなければならないんです」

「それがコンクリートか」

「そうです。時代の流れを見てください。木造建築のシェアは減っているでしょう。今、まこと工務店は木造建築の会社として成功しているが、いつまでも木造の時代が続くとは限らないでしょう。会社のより一層の強化のために、一級建築士として実績を上げてきた俺をまこと工務店のために生かしてください。俺はそのために戻って来たつもりです」

「そういう口は、敏夫のように木造を知り尽くしてから利け。おまえがあくまで自分の仕事にこだわるなら、俺はまこと工務店と従業員たちを守るため、残念だがおまえと一線を画すしかないな。今うちの会社には、おまえに好きなように新しいことをやらせる余裕はない。おまえはまこと工務店から出て、別会社をつくっておまえが責任を持ってやるんだな。これは社長命令だ！　ただし、俺の長男としておまえを信用して会社に受け入れたのも、ＲＣ建築物件の仕事を許したのも俺だ。俺にも責任はある。そして、おまえの実力とおまえが言っていることに一定の理解と期待をしようとは思う。だから多少の設立出資金は出してやる。長男として次世代のまこと工務店のために戻って来たのなら、おまえの会社とまこと工務店の共存共栄の道を自分で探れ。俺やまこと工務店のみんなが喜ぶような未来を創造しろよ。それからな、まこと工務店としておまえの会社に出資するのだから、一定の利益をまこと工務店に納めること。業務内容や経営状態を報告すること。こっちからも監察するからな。これが条件だ。しっかり答えを出せよ！　響一！」

社長は危機感を募らせて響一にこう言い放った。長男が戻って来た安心感はみじんもなかった。が、響一には望み通りだった。自分が加わる必要がないのなら、いやむしろやりにくくなるのなら、何も一緒に木造住宅を盛り立てる必要はないのだ。自分のやるべきことは、まこと工務店の新たなる経営拡大の試みだと響一は思っていた。

「わかりました。俺はひとえにまこと工務店の更なる発展のために尽くします」

響一は社長の命令に従った。

敏夫は複雑な顔をしていた。

「響一兄い、せっかく力を合わせてまこと工務店をやれると思ってたのに。みんなと木造をやらないで、どうしてもＲＣをやりたいのか？」

「長い目で見たら会社のためだ。新しい分野を開拓するんだ。まこと工務店にはおまえがいるじゃないか。俺は俺にしか出来ないことをやってみるんだ。挑戦なくして、未来はなし、だぜ。ＲＣってのは一見仰々しいようだけど、単純でいろんなことが出来て面白いぞ」

「木造も面白いよ。響一兄いも、子供の頃せっかく大工の仕事をやりかけたんだから、わかってもらえると嬉しかったよ。能力の高い響一兄いと一緒にやりたかった。でも、こうなった以上、響一兄いが実績を積み上げてきた分野なんだから、成功を祈ってるよ」

響一の新しい事業所の名称は『建築設計M』になった。ふつう、関連事業所には親会社の覇権を示すために親会社の名称を冠したりするが、ここは社長がまこと工務店の関連事業所であることを匂わせない名称にしたがった。あくまで伝統の木造建築の『まこと工務店』のブランドイメージを壊されたくなかったのだ。

響一も、これには内心ホッとした。

（『まこと工務店グループ』なんてやられたら、大工のイメージがつきまとって新しい試みの建築がやれないからな。イマドキの名称になって本当に良かったぜ）

前に響一は、

「だいたい、そろそろ『まこと工務店』ていう名前は止めたら？　せめて『まこと建設』とかさ。そうすれば、総合建築設計施工みたいに広がって行くじゃない」

と主張したことがあった。しかしこれは、社長にも敏夫にも一蹴された。

（まあいい。結果、幸運にも俺の望み通りになったということだ。こんなに早く『独

立』出来るとは思わなかったぜ。しかも見えないところで、ヒモ付きという保険付きだ。ありがたい話だぜ）

響一は完成した自らの事務所兼自宅に満足して、とっておきのワインを開けた。

（俺だって、ずっと必死で頑張ってきたんだ。父さんやトシの知らないところでな）

出来上がった名刺が配達されてきた。

【一級建築士事務所　建築設計M　代表　間古渡　響一】

響一は、真新しいレザーの椅子に腰掛け、ワイン片手に名刺を眺めた。

出来栄えは満足のいくものだった。

「これから俺が、新しい時代を始めるんだ！」

響一の新事業所『建築設計M』は、妻の美里が経理などを一手に引き受け、営業兼設計助手が、まこと工務店から〝出向〟してきた。美里は身重になっても頑張ってくれていたが、子育てに手がかかるようになっても、まこと工務店から監察要員の事務員が派遣されてきたので、業務の遂行に困ることはなかった。

響一は、まこと工務店の社長や敏夫らスタッフと、報告・連絡・相談を密にしながらも、精力的に仕事をこなしていった。

敏夫はちょくちょく響一の事務所に顔を出してくれた。それは仕事の偵察というより『兄弟愛』からだった。

「響一兄い、元気？　調子どう？」

などと言って、肉まん・あんまんなどを差し入れるのが常だった。

「なんか手伝うことがあったら、内緒で手伝うよ」

「『統括部長』に頼めるわけないだろう」

「『統括部長』ったって、響一兄いの父さんが社長で俺の父さんが専務なんだから、俺は要するに従業員頭というだけだよ。響一兄いなんてあっという間に一級建築士事務所の代表じゃない。やっぱり人はその人にあった位置につくってことだね」

「いや、俺はまだまだ裸の王様。おまえは統括部長だけど、事実上の大黒柱。つまり影の社長だ。正直、頼りにしてるから、よろしく頼むな」

「おう、何でも言ってくれ」

「じゃあ、早速頼んでもいいか」

「何？」

敏夫は身を乗り出した。

「今度から肉まん・あんまんじゃなくて、クリームパイとか持って来い」

「それは、お断りだ。クリームパイなんて、職人の美学に反する。俺は粋にまんじゅうが食える男になりたいんだ」

「そうなのかよ」

美里がコーヒーを淹《い》れてきたが、それを響一が遮った。

「美里、こいつはまんじゅう専門だから、コーヒーはいらないぞ」

「いえ、僕いただきます」

敏夫が慌ててコーヒーに手を伸ばし、響一と美里は笑った。


響一の仕事は、当然のことながら木造住宅以外の建物だった。商業ビル、個人医院、幼稚園など、響一の得意分野の仕事を次々に請け負った。普通の四角い住居用ビルの仕事もやったが、響一はデザインを凝らした複雑な建物を好んでやりたがった。評判は良かった。あっという間に、設計士とインテリアコーディネーターも新たに採用した。

一方で旅館、蕎麦店など、まこと工務店とコラボレーション出来る仕事を熱心に受注することも怠らなかった。それらは確かに、まこと工務店の長年の技術力により、評価の高い仕事になった。

響一の事務所が軌道に乗ってくると、まこと工務店との人やカネの行き来も自然に馴染んできた。工期に間に合わせるために、まこと工務店の職人たちに仕事を頼むこともあった。現場には弱い響一の事務所では、現場の設計監理はもっぱら響一の仕事だった。まこと工務店の職人たちが現場へ行くと、いつもヘルメットに作業着姿の響一がいた。

ある時敏夫が響一の現場に足を運んでみると、地中深く掘削した巨大な穴の底にヘルメットにジャンパー姿の響一がいた。敏夫はビル建設の規模の大きさに圧倒された。

「間古渡さん」

敏夫が穴の上から声をかけた。

「ああ、トシか」

響一が、敏夫の姿に気づいた。

「設計変更だ。ここの地盤がどうにもならない」

穴にかけられた仮設階段を上ってきて響一が言った。

「響一兄い。大丈夫なのか？」

敏夫が珍しく真剣な表情で言った。

「大丈夫だ。施工会社にも検証してもらって、測量もし直したところだ。駆け出しの零細企業だから必死だよ。まこと工務店に心配かけるわけにもいかないからな」

「それはこっちも同じだよ。響一兄いの事務所とは運命共同体なんだからな。応援するしかないよ。しかし。本当にこんな大きな仕事を、響一兄いの事務所で引き受けて大丈夫なのかよ？」

「俺が一人でやっているわけじゃない。他の会社と合同だ」

「……それもいまいち心配だ。響一兄い、ちゃんと責任取れるのかよ。ちゃんと契約とかで、相手の会社と連携出来るようになってるの？」

「大丈夫だと言ってるだろう」

「もっとちゃんと、こっちにも報告しろよ。まあ、報告されてもわからないかもしれないけどな」

「そうだ。まこと工務店のやり方で考えるな。ビル建築ではよくあることだ」

「心配だなあ」

「まだ心配してるのかよ」

「仕事のことじゃない。響一兄いのことだよ」

響一の携帯電話が鳴った。

「はい、間古渡です。はい、はい、あ、今行きますので、ちょっとお待ちください。申し訳ありません」

電話が終わると、響一は敏夫の方に向き直った。

「おまえ、車どこに停めてんの？　ちょっと俺の車で待ってろよ」

響一はキーを投げてよこしてから、現場に戻って行った。

敏夫が響一の車で待っていると、しばらくして響一がやってきた。

「トシ、悪い。待たせたな。ところで、おまえ、今日何しに来たの？」

「別に意味ないけど。時間があったから、響一兄いの現場を見てみようと思ったんだ……来てよかったよ」

「そうか。なんで？」

「響一兄い」

敏夫が堰《せき》を切ったように話し出した。

「響一兄いは、なんでそんなにビルとかがやりたいんだよ。ビルとかがやりたいんなら、なんでまこと工務店に戻って来たんだよ」

「今さらそんなことを言うのかよ。利益出してるんだから上等だろう。俺は内心褒めてもらいたいぐらいだと思ってるんだが」

「利益出せばいいってもんじゃない、と俺は思うよ。響一兄いは社長の長男だから会社のためを思って戻って来てくれたんだと思ってたのに。長年かかって造り上げてきたまこと工務店の仕事のことを、全然わかろうともしないじゃないか。一級建築士だからって、二級の俺らを完全に馬鹿にしてるんだろう。ひとりで好きなようにやって、都合のいい時だけ親会社を頼って、こっちがわからないのをいいことに、難しい仕事ばかりやりたがって、まこと工務店に負担をかけるなよ」

「トシ、おまえ、まだそんなこと言ってるのかよ」

「今日の現場を見て、不安が的中したと思ったんだよ。飛躍し過ぎだよ、響一兄いは。社長じゃないけど、危なっかしくて一緒にやっていくのが正直不安だよ」

「少しは大人になったと思ってたのになあ。トシ、じゃあ、二つ言おう。

一つ、俺は長男だから戻って来た。はじめから俺は、親父の引退に間に合うように戻って来て、親父の後を継いで、まこと工務店の社長になって背負って行こうと思っていた。

親父がじいちゃんから社長を引き継いだ頃は、俺の親父は大工の親方然としていて、まこと工務店はおまえのお父さんを筆頭に昔ながらの大工集団だったからな。俺は、このままじゃ、まこと工務店は時代に乗り遅れて衰退すると思ってたんだ。俺は、自分が大工になって後を継ごうかとも思ったが、これから先は家だって大工が木で造るだけじゃなくて、いろんなかたちが出来てくるだろう。俺はそれに対応出来るように、建築をやることにした。大工が振るわなくなった時の選択肢を、つくっておこうと思ってたんだ。

そんなことが出来たのは、ひとえにおまえのおかげだ。おまえが大工として、しっかりまこと工務店の仕事を受け継いでくれたから、俺は建築が出来た。だから本当に、おまえには感謝している。ただ一つ嬉しい誤算だったのは、親父が大胆に会社をつくり変えて時代に合うように刷新し、成功させたことだ。これには驚いたと同時に、別の可能性が広がったと思ったんだ。まこと工務店は親父やおまえがしっかり盛り上げてて俺が入る必要がないなら、俺は心置きなく第二の地盤をつくろうと思ったんだよ。それが、俺がRCをやっている理由だ。俺は好きなようにやっているようでも長男として家業を守り、繁栄させていこうと考えているんだ。

二つ目は、資本主義経済の原理だ。会社の使命は利潤追求だ。商売ってのは停滞してたら退却と同じなんだ。常に新しいことをやってないと澱《よど》んで腐っちまうんだよ。まこと工務店も、親父が思い切ったことをしたから生き残ってるわけだろう。俺もそれと同じことをやってるわけだ。

昔はうちは大工の作業場みたいな会社だったが、親父が刷新したおかげで今ではちょっとした中小企業だからな。これを維持繁栄させていくには、それなりの手を打っていかないとな。そういうわけだ、トシ。わかったか？」

「……わからないよ。両方とも、響一兄いが木造と向き合わないことの言い訳みたいに聞こえるよ」

「なんで？」

「なんでって……それはこんな車の中で簡単に言うことでもないかな。いつか機会があったら、じっくり話すことにしよう。ごめん。木造と向き合わない言い訳っていうのは、ちょっと失礼な言い方だったよ。要するに、響一兄いは頭が良過ぎたんだよ。やっぱり俺たちとは、次元が違うっていうのはわかるよ。だから響一兄いが悪いとは思わない。実際凄いと思うよ。ただ、社長が、響一兄いのお父さんが、どう思うかなあ。社長は俺の大工の親方だから、俺と同じことを思ってくれていると思うよ」

「よくわかんねえな。なんなんだよ。別に今のところ問題ないだろうが。あ、そうだ。それと、おまえにここで言っておくよ。おまえが言ってる通り、親父はおまえと師弟関係で、おまえはおまえのお父さん共々ずっと一緒にまこと工務店を創ってきたんだ。俺は別の事業所をやるようになって、今やまこと工務店にはお呼びじゃない人間だ。だから俺は長男だからといって、まこと工務店の社長になってやろうなんて今は考えてないからな。俺は俺の事業所を発展させつつ、まこと工務店と共存共栄するやり方を考えていくことにしよう。親父の後の社長は、まこと工務店のことを一番わかっている、おまえがいい。親父もそう思ってるだろう。おまえのお父さんも喜ぶだろう。それが一番だ」

「それは社長が決めることだ。先祖代々の会社なんだから、社長はあくまで息子に継いでもらいたいと思ってるかもしれないからね。俺は父さんと二代にわたって、まこと工務店で大工が出来て本望だよ。俺は社長になるより、職人として弟子を育てることが一番の望みだよ」

「そう遠慮するなよ。おまえがまこと工務店をやって、俺が今の事業所を育てて、両輪体制にするんだよ。そうすれば将来は柔軟に見通せるようになるだろう？　相当努力がいると思うけど、おまえと俺でやるんだよ」

「だから、俺に言われてもわからないって。じゃあね。俺、会社に戻って道具の手入れをしなきゃ。響一兄い、ここの仕事頑張って」

　敏夫は自分の車に帰って行った。

倒産

やがて、響一の事務所が右肩上がりの利益を出すようになり、まこと工務店の減益分を補うようにもなった。まこと工務店の社長の父や敏夫とも良い関係になり響一は安心し始めていた。

「どうなることかと思っていたが、どうやら響一の事務所も軌道に乗って来たようだな。しかし、引き続き監察はしておいてくれよ」

まこと工務店の社長の響一の父が、経営幹部に言った。

「ここ数年は、ほぼほぼ安全運転してますよ。仕事の依頼も順調に来てるみたいだし」

「そうか」

社長は内心、息子の響一の仕事ぶりに一目置いていた。

(子供の頃から鼻持ちならないところはあったが、それだけのことが出来る男になったな)

社長は息子を密かに誇りに思った。

その時、事故が起きた。響一が設計した商業施設のアーケード部分で、アーケードのガラス天井にはめ込まれていた巨大なガラスのオブジェが突然外れて落下したのだ。幸い外れたオブジェの真下に噴水池があり、オブジェは池に落下したため怪我人はいなかったが、オブジェは無残に砕け、現場は騒然となり各メディアのニュースでも報道されてしまった。商業施設は検証と点検修理、補強工事のため営業停止に追い込まれてしまった。

商業施設はただちに響一の事務所に対して損害賠償請求を行った。それは響一の事務所にとっては巨額といえるものだった。また、ガラスのオブジェを制作した有名ガラス工芸作家からは慰謝料を請求されてしまった。

そしてこれらの損害賠償に加えて、当然このような欠陥物件を設計した響一の事務所に仕事の依頼は来なくなった。響一の事務所は瞬く間に資金が立ち行かなくなり、ついに倒産に至った。

父と敏夫は、今度ばかりは響一に対し身内の情を抑えて厳しく対峙した。

「響一、欠陥事故は設計者として絶対にあってはならないことだ。俺はまこと工務店を守るために、おまえの事務所を庇《かば》うわけにはいかない。自分で責任を取れ」

「響一兄い、何やってんだよ。ふざけるなよ。いつかこんなことになるんじゃないかと思ってたよ。いい気になって飛ばし過ぎてたからだよ。響一兄いのおかげで、こっちもどうなるかわからないんだからな」

苦悩の中で父は病に倒れ、入院してしまった。父は病床に響一を呼び、言い渡した。

「響一、俺はこの通りだ。残念だが、健康を回復するには時間がかかりそうだ。俺が元気なうちに、おまえの事業所とうちの会社を統合し、おまえを社長にし、敏夫を専務にしようとも考えていた。しかし今となっては全て水の泡だ。俺は敏夫を社長にする。まこと工務店は敏夫にまかせる。わかったな、響一」

「わかりました」

病室を出ると、母が後ろから追いかけて来て、心配そうに聞いた。

「響一、生活は大丈夫なの？　美里さんや誠志郎くん、梨央ちゃんは、これからどうするの？」

「大丈夫。三人とも美里の実家の淡路島で面倒見てもらうことになったんだ。うちの住まいは、事務所と一緒の建物だから整理されちゃうからね。お母さんは心配しなくても大丈夫だよ」

母は涙ぐんでいた。

「響一は自慢の息子だったのに。こんなことになるなんて。でも、頑張るのよ。絶対響一なら立ち直れる。お母さんは信じてるからね」

「うん。お母さん、ありがとう」

親はありがたいものだと、響一も涙腺崩壊しかかった。


倒産とは実際みじめなものだ。響一と美里は連日、関係各所への倒産の挨拶と謝罪に追われた。行く先々で、時には怒号交じりのお叱りをいただき、ひたすら頭を下げるしかなかった。響一の一級建築士事務所は多額の賠償責任と負債を背負い、畳むほかはなく、破産手続きにはいることになった。近いうちに弁護士から財産差し押さえをされるだろう。辞めてもらった従業員たちには心ばかりの退職金を支払いたいが、それも待ってもらっていた。

美里と子供たちにも不詳の父親として面目もなく頭を下げて、荷物をまとめておくように頼んだ。子供たちには倒産の事実と、淡路島の美里の実家へ引っ越すことを伝えたが、家を整理されるとまでは言えなかった。しかし、中学二年の息子、誠志郎はわかっているようだった。美里は気丈だった。子供たちを励まし、関係者への連日の謝罪もへこたれずにやり抜いてくれた。

「結果、俺はダメ人間、ダメ経営者、ダメ親父だったというわけだが、美里を妻に出来たことだけは幸運だったな」

響一はしみじみ美里に感謝した。

(俺の最後の砦は美里だな)

と、響一は思った。

(疲れた。こんなことになるなんて。未だに受け入れ難いが、現実はどんどん進んでいく。俺が今やるべきは、破産に向けて実務を遂行することだ。これから先のことなんて、考える余裕もないさ)

響一が憔悴しきって椅子にへたり込んでいると、スマホが鳴った。敏夫からだった。「明日、まこと工務店へ来れないか」と言ってきた。響一は、気が進まなかったが、行くしかなかった。

翌日、響一はまこと工務店へ行った。定休日で、社員は誰もいなかった。こんな日にわざわざ呼び出されるとは。社長になった敏夫から、何か難しい話をされるのだろうか。響一は身構えた。

(ああ、何もかもが変わってしまった。トシにも、まこと工務店の社員たちにも、今の俺はただの疫病神だ)

まこと工務店を訪れると、響一は自分が全てを失ったことをまた思い知らされた。まこと工務店の社員たちの嘲笑が聞こえてくるようだった。

響一が事務所に入ろうとすると、後ろから敏夫の声がした。

「響一兄い、こっちこっち」

敏夫は、努めて明るい声を出してくれている気がした。

声がした方へ歩いて行くと、敏夫は相変わらず作業着を着て作業場にいた。

「何だ、おまえ社長の席にいるのかと思ったら、相変わらずここか」

敏夫は檜《ひのき》の角柱を台に横たえて、鉋《かんな》かけをやっていた。

「社長なんかになっちゃったら、修業する暇がなくて腕が落ちるよ。だから時間をつくって道具の手入れをしたり、練習したりして、腕を磨いておくんだよ。先代社長もそうだったよ。響一兄いのお父さんは、病気になる直前まで一緒に現場もやってたよ」

「偉いものだな」

「響一兄いたちなんて、図面描くのに徹夜、徹夜なんだろ。そっちの方がヤバくない？　俺には無理だな、図面だけなんて。俺はやっぱり、こうやって直に木に触ってないとだめだな。木に触ってると、この木をいい家にしてあげようっていう気になるんだよ。イメージも膨らむしさ。ねえ、ちょっと響一兄いも、久しぶりにやってみない？　この鉋、俺がつくっておいたからさ」

「要件は何なんだよ？　俺の事務所の整理の話なら資料を持ってきた。まこと工務店には迷惑かけないように、最善を尽くすから」

「そんな話は業務時間中に聞くよ。今日はせっかく休みなんだから、楽しいことをやらないと。俺は、木と一緒にいる時が一番楽しいんだ。それに、昔は響一兄いと一緒にいろんな話しながら大工仕事やってたのが、凄く楽しかったんだよ。懐かしくない？」

「懐かしいよ。俺もあの頃は楽しかった。俺はすぐにサボってたけど、おまえはひとりでずっと真面目にやってたな」

「ははは、響一兄いも途中までは真面目だったよ。俺より上手かったもん。親方の息子なんだから、もともとスジはいいんだよ。だからちょっと昔を思い出して、やってみろよ」

　響一は、少しやってみたくなった。

「本当に俺がやってもいいのか？　鉋をだめにしたら申し訳ないな」

「いいからいいから。気にしない気にしない」

「よし」

響一は久しぶりに檜の角柱に鉋をあて、滑らせてみた。

「あっこの感じ、思い出した。懐かしいなあ」

「思い出しただろう、響一兄い。面白いだろう」

「ああ。面白い」

そう言って、響一は自分が削った鉋くずをつまみ上げ、

「どう？　これ。全然ダメ？」

と敏夫に見せた。

「……全然ダメだな！　せっかく鉋をつくってやったのに」

敏夫は笑った。

「おまえがやってみてくれよ」

「よし。見てろよ」

敏夫はしっかりと体で型をつくり、すうっと鉋を引いてみせた。

「ほら」

敏夫の鉋くずは透けて見える薄さだった。

「うわ～、すげえなあ。さすがこの道四十年だな」

「そうだよ。こういう美しい鉋くずを見ると、本当に嬉しいんだよ、俺。俺は四十年間、スポーツ選手みたいに、ただ鉋かけのフォームをつくってたんじゃないよ。それもあるけどさ。四十年間、俺は木とひたすら対話してきたんだよ。あ、ちょっと待ってて。響一兄い、好きなように練習しててていいよ」

敏夫は作業場から出ていった。しばらくして茶を持って戻って来ると、響一が鉋かけと格闘していた。短い鉋くずがたくさん落ちている。

「ちょっと思い出したけど、やっぱりだめだ。あんまりやると素材がもったいないから止めておこう」

「ははは、でも響一兄い、楽しそうだぞ」

「うん。ありがとうな、トシ」

「あのさ、今日来てもらったのは、いつか響一兄いに言いそびれたことを言おうと思ったんだよ」

「言いそびれたこと？」

「いつか響一兄いの現場へ行った時に、車の中でさ。まこと工務店がどうして木造しかやりたがらないかってことだよ。車の中では空論に受け取られそうだったから止めたけど、ここでならわかってもらえるかなあと思ってさ」

「そうか。聞いておこう」

「まことエ務店がどうして木造以外やろうとしないかって言うと、簡単さ。響一兄いのお父さんもそのまたお父さんも、俺の親父も俺も、木が大好きだからだよ」

「そりゃそうだろう。それで?」

敏夫は続けた。

「こうやって毎日木に触ってると、西岡棟梁が言ってるみたいに、『木の人格』がわかってくるんだよ。この木は山に生えてた時に何度も干ばつにあって苦しみながら耐え抜いて来たんだな、とか、この木は山の北側で生まれ育って長年強い北風にさらされ続けたからこっちに曲がっちゃったんだな、とかさ。中には優等生みたいにきれいな均一の年輪の子もいるんだよ。そうすると、ああこの子は恵まれた環境の中ですくすく育ったんだなあ、とかさ。木にもそれぞれ生きざまがある。木材は木材になる前には、山で何十年も立派に生きてたんだよ。俺らなんか遠く凌ぐほど高く聳えて、葉を繁らせて、太陽の光をいっぱい浴びて、鳥や小動物を養ってさ。そうやって風雪に耐えて、高く立ち続けている姿を想像してみろよ。もの凄く威厳に満ちているだろう。

そうやって一本一本の木に、その木の生涯の重みを感じると、今や命を絶たれて材木になってるその木に、畏敬の念すら持つんだよ。

だから、西岡棟梁みたいに、その木その木に建築になってからも立派な第二の人生を、さらに何十年と送ってもらいたいと願いながら造るんだよ。うちは寺院建築じゃないからそこまで厳密じゃないけど、やっぱり木は一本一本性質が違うからね。元々の生涯を生かして、第二の生涯を送ってもらいたいんだよ。山の北側に生育していた木は、やっぱり北側の柱にした方が他の誰よりも強いだろう。そういうことだよ。きっと彼は住宅になっても、誇りをもって、立派に北側に立ち続けて支えてくれると思うんだ。だから俺はいつも『どうぞ、これからもよろしくお願いしますね。あなただからこそ尊敬して、頼りにしていますよ』と柱になった木にしっかり頼んでおくんだよ」

「そうか。それで木はなんて言うんだ?」

「大丈夫だ。まかせておけって言ってくれるよ。木が喜んでくれると、俺も嬉しいよ。逆に嫌がってると心配になって、しばらく木の話を聞いてあげるんだよ」

「あっそうなのかよ」

「響一兄い、ものには全て命があるんだよ。建築資材だって元々は人間と同じように生きてたんだよ。ものの命をもらって家を建ててるんだから、ものづくりはものの命を活かさないと命に申し訳ないと、俺も響一兄いのお父さんから習ったんだよ。内装だって木の美しさを最大限に活かすんだよ。もちろん、人間が住みやすいように造るんだけど、造る俺らも住む人も、木の命に感謝と愛着を持っていれば、木はいつまでも人間と仲良くして人間を守ってくれるんだよ」

「まあ、わからなくはないが、それでいい家が建つんなら世話ないぜ。ま、それがまこと工務店の考え方だということなんだな」

「考え方だけじゃなくてやり方だ。俺たちは木に意見を伺いながら家を造らせてもらっている組み立て係のようなものさ。そうやって木と共同作業で造った家は、いつまでも威厳を持って建ってるよ。それに笑ってるよ。本当だよ」

「そうなのか。それで、それが俺と何の関係があるんだよ」

「このたび俺が、まこと工務店の社長にならせてもらったから、この際改めて長年築いてきたまこと工務店の基本方針をはっきりさせておこうと思ってね。響一兄いがこれからどうするつもりなのかわからないけど、響一兄いの考え方との違いをはっきりさせておかないと、お互い今後のことも考えにくいだろう？

悪いけど、響一兄いがまた同じような考え方でＲＣをやりたいのなら、まこと工務店の社長の俺はお断りだよ。響一兄いがどこかでやってくれ。まこと工務店は、あくまで木の命と共に生きる。木の命の可能性を考えていくんだ。これは、響一兄いには悪いけど、響一兄いのお父さんと俺の父さんと設計チームのみんなとも、考えが一致してるんだ。

こんな俺だけど、俺も会社と会社をとりまく環境のこととか考えたら、今度は俺が、社会や地球環境の状況と連動して、まこと工務店の業務内容も変えていかなきゃならないんじゃないかと思ってるんだ。でも、俺の考えは響一兄いとは違うんだよ。利潤追求を達成しながらだけど、木を守り生かすことをもっと目標にしようと思ってるんだよ。利潤追求のために寿命の短い家をつくるのは、だんだん止めていこうと思ってさ。それから、木を無理に規格化して大量の廃材を出すのも、木の命を無駄にしていることだから止めるんだよ。木は出来るだけ、その癖を活かして、適材適所で使うんだ。

現存の文化財建築とか見てみろよ。住居建築だって、江戸時代以前のがたくさん残ってるんだぜ。一般住宅だって、手入れをしながら愛着を持って長く住める家が木で造れるはずだよ。利益は出すけど、利潤追求のために木と家を使い捨てにするのは止めたいんだよ。まこと工務店の使命は、木の命の価値を崇《あが》める仕事をすることにするんだ」

「そりゃ、元々大工の会社なんだからそうだろう。だけど、そう簡単に理想通りにはいかないぞ。利益を出さなきゃ会社は回らないんだからな。それと何度も言うが、俺のRC建築のどこが悪いんだよ。おまえら木を御本尊にする宗教団体かよ。俺にも木造教の信者になれっていうのか？」

「ははは、宗教団体か。かもしれないね。俺らは困った時には木に相談してるんだからね。確かに木が御本尊様だよね。

ところで、響一兄いのRC建築が悪いとは思ってないけど、響一兄いの心掛けが気に入らないんだよ。響一兄いもRCをやるんなら、砂や砂利を御本尊にして宗教団体をつくるべきなんだ。響一兄いは砂や砂利の愛し方が足りないんだよ。利用するだけ利用して愛情をかけなかったら、今に砂や砂利の怒りを買って、クラックとかになって裏切られるぞ。もっと真剣にコンクリートとか鉄筋とかの声を聞けよ」

「はあ？」

響一は頭が真っ白になった。

「おまえ、本当に頭大丈夫？」

「俺は全然マトモだよ。俺は木造教の信者だが、砂や砂利のことも、絶対響一兄いよりも深く愛している自信がある。俺がもしRCをやるとしたら、響一兄いみたいにコンクリートを自分の言いなりにさせることばかり考えないで、『俺の建築になってくださってありがとうございます』とか、『あなたの故郷はどこですか？　これからはここでビルになって、更なる栄光の生涯を送っていただけませんか？』とか、人間と同じようにコンクリートさんに敬意を払って、話しかけながら仕事をすると思うよ」

「マジ？」

「俺は、農業高校で作物を育てて土の偉大さがわかったんだ。木が育つのも土のおかげ、米が食えるのも土のおかげ、響一兄いが使いまくってる鉄筋も、元は鉄鉱石だろ。土は真実母なる大地だよ。俺らが生きてるのだって土のおかげだ。そう思ったら感謝こそすれ、手荒く扱えるわけがないだろう？　響一兄いは、自分や人間のためだけじゃなくて、砂や砂利のためにも、彼らが、ああ、コンクリートになって良かったと喜ぶような建物を造らないと！」

「気持ち悪いこと言うなよ。木はともかく、土は生きてないんだから。恨みを買うことはないだろう」

「いや、生きているよ、絶対。土も砂も砂利も俺らとつながってるんだ！　俺らの一部なんだ！　俺は確信している。」

「マジかよ。ちょっと待ってくれ。俺の頭が異常信号を送ってるんだけど。トシ。俺、長年おまえと付き合って来たが、今後は考え方を変えなきゃなんないかもしれねえな」

響一は、疲れた。

「おまえが木やコンクリートに話しかけるのは自由だが、俺にまで強要するな！　俺は宗教団体じゃないんだ。もっとも、もう会社を畳むんだから、おまえやまこと工務店のやり方は、俺には関係ないことだからな」

「関係なくないよ。響一兄いには、考え方を変えてもらわないと困るんだ。俺にはこれからも響一兄いが必要なんだから」

敏夫は響一に言った。

「？」

「俺はこれから、まこと工務店を木の総合環境設計会社にして行きたいと思う」

再び敏夫は話し始めた。響一は思った。

（またかよ。こいつ、こんなにしゃべるやつだったかな）

敏夫が続けた。

「もちろん、これは俺ひとりで決めたことじゃない。響一兄いのお父さんの先代社長や幹部社員ともよく話し合ってのことなんだ。先代も喜んでくれたよ。まこと工務店は、響一兄いのご先祖代々が木と向き合って技を磨いてきた会社だろう？　このたびは俺が継がせてもらったけど、その伝統は引き継ぎ、発展させていかなきゃならない。俺はその使命と責任を肝に銘じている。

ここで、先代の息子の響一兄いの前で誓うよ。やっぱり、あくまでまこと工務店は木と共に生きることがど真ん中で、そこにこだわり続ける会社としてやっていくんだ。本業を支える意味で、ＲＣとかもアリかとも思うけど、それやっちゃうと、やっぱりブレるでしょう。本業の信憑性が損なわれる。それこそ、まこと工務店が長年かかって築き上げてきた企業ブランドにとってマイナスだと思うんだよね」

「わかった。言えた義理じゃないけど、今後まこと工務店のことは俺からも本心よろしく頼むよ、トシ。おまえならやれるさ。おまえの、その木への愛情と情熱が、これからもまこと工務店を牽引し発展させていくだろう。俺も、言えた義理じゃないけど、おまえとまこと工務店の発展を祈ってるよ。それで？　俺がどうしてそれに関係するんだよ？」

響一は敏夫の演説に疲れてきた。

「それでだ」

敏夫は続けた。

「響一兄いに、是非ともやってもらいたい仕事があるんだよ」

敏夫は語気を強めた。

「木を使い捨てにしないような循環型社会システムのモデル設計と、その中で持続可能な木造建築の設計プランづくりを先行してやってもらいたいんだよ」

「はぁ？」

「これは大仕事だ。大きな責任も伴なう。それこそ森林、樹木の生態系の研究とか、環境問題とか、コミュニティのあり方とか、行政のこととか、いろいろな事を考えて木材の循環型社会のシステムを模索して、さらにそれを踏まえて住宅などの建築設計プランを生み出さなければならないんだよ。うちに今いる大工職人や設計士たちだけでは手に余るし、そんな研究をしている時間はないからさ。これだけの大きさの仕事をまとめられるのは、大学院卒で、多方面の経験と知識と人脈が豊富で、行動力バリバリの響一兄いしかいないだろう？　基本は全社を上げて取り組むんだけど、核になるプロジェクト・チームをつくるんだよ。そのリーダーを響一兄いにやってもらいたいんだよ」

「ちょっと待て。勝手に決めるな。だいたい、言ってる意味がよくわからないんだけど」

「だから、要するに木を無駄にしないで、生態系を守りながら、木を生育させながら循環するシステムをつくって、その循環システムの中で人々が長く愛着を持って住める木の家を設計してほしいと言ってるんだよ。響一兄いにぴったりな頭脳労働で、社会的意義があって、地球規模で、オンタイムな仕事だろう。どう？　やりたくなったでしょう？」

「おまえがやればいいじゃないかよ」

「俺は社長だから、それこそ会社を営業的にとりまとめなきゃならないんだよ。それに、やっぱりこの仕事をやるためにも、次世代の職人を育てないとな。これは急務なんだよ」

「つまり、おまえは俺をリクルートして、おまえが考えている木造プロジェクトをやらせようっていうわけか」

「その通りだよ。頼むよ。響一兄い。これからはこういう視点で、ものづくりをしていかなきゃダメなんだよ。そしてそれは、まこと工務店の理想とするところなんだよ。でも、俺たちじゃ能力不足だ。荷が重い。でも目の前に、響一兄いという優秀な人材がいるんだよ。俺がおめおめ、響一兄いを手放すわけないだろう。そもそも響一兄いは、まこと工務店のプリンスなんだから、特別待遇で戻って来てもらわないと困るんだよ」

「プリンスはおまえだろう。俺は関連事業所を倒産させた前科者で、公私にわたり問題を抱えてるんだからな」

「大丈夫だ。響一兄いの暴走的性格の悪さなら、俺が制御するから心配するな」

「性格じゃねえよ。俺は倒産してそれどころじゃないの。これから破産手続きに入ろうってのに、能天気なことばっかり言うなよ」

「希望の光があれば、破産も乗り越えられるだろう。いい返事を待ってるよ」

「俺は大学院卒だが、木と対話したことはないぜ」

「これから対話すればいいよ。街路樹とかに『元気?』とかって話しかけてみればさ? じゃあね。話はこれだけだよ。破産手続き頑張って」

「……うるさいな」

響一が帰ろうとすると、敏夫が鉋くずを袋に入れて持って来た。

「これ、お土産だ。それからさ、響一兄い」

「なんだよ」

「せっかくだから、砂利とも対話しておいた方がいいよ」

響一は敏夫を一瞥し、無言で出て行った。

響一が帰った後、敏夫は響一の父に電話した。

「もしもし、会長ですか。今、響一兄いが帰って行きました。疲れているようだったけど、わりと元気でしたよ。例の仕事の件は話しましたが、それどころじゃないって少し怒ってました。あまり気乗りしない様子でしたね」

「そうか。しょうがないな。じゃ、次の手を打つか」

「例の三溪園の掃除のバイトの件ですか。会長が商工会議所で聞いてきたっていう」

「そうだ。あいつもブラブラしているよりいいだろう。俺たちの差し金だとわかるとあいつはむくれるから、不動産屋から言ってもらおう」

「響一兄いが、三溪園なんかで働きますかね」

「不動産屋に上手く言ってもらって、断れないようにさせるよ」

「木造に目覚めてくれるといいですが……」

「あいつも素人じゃないから、いろいろ勉強するだろう」

数日後、響一のスマホに不動産屋から連絡が入った。

「はい、間古渡です。ああ、不動産屋さん、このたびは大変ご迷惑をおかけいたしまして。は？　三溪園？　清掃員？　は？　お話がよくわからないんですが……」

そして響一は、三溪園で清掃員として働くことになったのだった。

亭榭の上で響一は、再びうたた寝から目覚めた。今までのことが走馬灯のように脳裏を巡った。家族とも離れて、ひとり時代錯誤な風景の中にいると、茫洋と人生の終末感が襲ってきた。

(もう、俺は終わりなのかなあ。こうやって非現実的な場所にひとりでいると、一生懸命つくりあげたものを自ら壊した『ゼロ人間』の自分が、完全に人間社会で宙に浮いているのがわかる。今の俺は社会に居場所がないのだ)

響一は寂寥感に襲われた。しばらくぼんやりしていたが、なんとか終末感と寂寥感を振り切ろうと立ち上がった。

(いや、居場所はあるじゃないか。今日からここ三溪園が俺の居場所だ。俺は疲れているんだ。とにかく今やるべきことをやろう)

時計を見ると午後の四時半だった。ずいぶん寝込んでしまったが、まだ少し時間はあった。響一は三溪記念館の展示室へ行ってみることにした。

三溪記念館の入口を入って右側の展示室へと歩いて行くと、真正面に原三溪翁の大きな肖像写真があった。鋭い知性と品格をたたえた尊顔から放たれる、強い、意志の力のこもった眼光が響一を捕らえた。響一はその迫力にたじろぎながら原三溪と対面した。

（あなたが原三溪翁。威厳と栄誉に満ちた高徳の実業家、日本美術界の後見人、茶人にして秀逸な美の具現者、横浜復興の士……）

響一は、大実業家の威厳に圧倒された。大富豪と破産した自分。

しばらくそこに立ったまま、原三溪とじっと向かい合っていたら、この対面は、響一の絶望感には決定打となった。響一は、涙が出てきた。だが、目が涙で溢れそうになっても、響一は何故か三溪翁の前から立ち去り難かった。

「先生、私は、破産しました……。どうして、どうしてだ！」

おもむろに、響一は原三溪翁に呟いた。涙が止まらない。大実業家の肖像写真の前で、響一はやたらに自分がみじめに思えてきた。

（今の俺は、三溪先生に比べたら本当にゴミみたいな人間だ。先生、教えてください。ゴミみたいな私は、これからどうしたらいいんでしょう……）

原三溪翁の肖像写真の前で、響一ははじめて男泣きに泣いた。

（みじめだ、俺は本当にみじめだ……）

響一は両腕に顔を伏せてしゃがみ、しばらく動かなかった。

やがて閉園時間を知らせる音楽が流れてきた。響一は急いで三渓記念館を出て、大池から取って返し、足早に南門から退園した。俯いて歩く響一の前方の、夕暮れの南の空に半月が浮かんでいた。

三溪園

翌日から響一は、支給された作業服を着て清掃作業にあたった。まずは竹箒で、地面に散って茶色くなった桜の花びらなどの掃除。園内はとてつもなく広く、なかなかの重労働であった。響一は慣れない庭の掃除に苦戦した。それでも先輩方は親切で、響一は心が和んでいった。

響一が一生懸命竹箒を動かしていると、ふいにエメラルドグリーンの美しい小鳥が飛んできて、池のほとりの枝にとまった。

「きれいな鳥ですね」

「あれは、カワセミだよ」

「あれがカワセミ」

響一は、思わず竹箒を止めて眺めた。

臨春閣の方へ行くと、今度は白い、尾の長い小鳥が目の前の芝生を横切った。白とグレーのツートンカラーで地味に見えるが、よく見ると頭と首元の黒がアクセントカラーになっていて、尾が長いところがスタイリッシュ。なかなかお洒落な鳥だ。

「あれはなんて言う鳥ですか？　あれもきれいですね」

「あれはハクセキレイだよ。あれはどこにでもいるよ。間古渡さん、何にも知らないんだなあ」

「はい。そうなんです」

響一はのどかな気分で笑った。破産手続きはまだまだ続くが、余計なことは出来るだけ考えないようにしていた。三溪園の清掃作業に没頭する中で、今後待ち受ける破産手続きの問題も、気持ちも整理しやすくなる。それに、何となく一生懸命清掃をさせていただくことが、自分が多方面に迷惑をかけたことのせめてもの罪ほろぼしになるような、自分への気休めになっていた。そして、人生は続いていく。その先の人生を進める勇気と英気を養う意味でも、今はこの時間が必要だと考えた。はじめは気が進まなかったが、響一はこの仕事を紹介してくれた不動産屋に感謝していた。

臨春閣の周囲の掃除をしていると、観光客が盛んに立ち止まって室内を見たり、写真を撮ったりしている。響一は、はじめて三溪園に来た時から、この建物のフォルムの美しさに魅せられていたが、内装の意匠にも見るべきものがあるのだろうか。響一は好奇心が抑えられなくなり、観光客が途切れた隙を狙って室内を見てみようと考えた。

あるうすら寒い朝、三溪園を訪れる客はほとんどいなかった。響一は臨春閣に駆けつけた。

まずは第二屋の『浪華の間』を覗いてみよう。

「うわ、マジ？」

響一は固まった。

「狩野永徳？」

無造作に開け放たれた障子の奥に、無造作に解放された座敷があり、無造作に風に吹かれている襖から、今にもばたばたと羽音が聞こえてきそうな、大きな雁の群れが飛び出してきた。雁たちは非常に写実的で、力強い生命力に満ち溢れ、狩野永徳らしい堂々たるスケールで襖の空間を占めていた。

「すげえ」

響一はこれほど真に迫った水墨画というものを、かつて見たことはなかった。狩野永徳の作であるならば、安土桃山時代ということになる。すると、この雁たちはまさしく、安土桃山時代から襖の中で、ぎらぎらと生きていたということだ。しかも、それがガラスに覆われているでもなく、撮影禁止でもなく、あっけらかんと人々の目に曝されているのだ。響一も夢中で写真を撮り始めた。

「ありえない」

シャッターを切りながら、響一は何度もそう呟いた。

(これ、マジ狩野永徳なのかなあ。しかし、確かにこの生命力は永徳に違いない)

興奮冷めやらぬままに、響一は次の部屋を見ることにした。『琴棋書画の間』だ。

(あの〜。俺もう、どうしていいかわからないんだけど)

次の座敷は、狩野探幽だった。

(なんで！　狩野探幽の襖絵が、横浜で、みんなの前で、ご自由にどうぞ！　なんだよ。俺、頭がフリーズ中……)

響一はまた固まった。しかし固まってはいられない。これはまた、永徳とは打って変わって繊細な、探幽の筆致が何とも味わい深い。その座敷の襖に描かれているのは、中国の文人や学士が、嗜みの琴棋書画に遊んでいる様子だった。よく描かれた題材だが、繊細な探幽の筆致が描き出す学士たちの表情豊かなこと。消え入りそうな古びた絵が、かえっていにしえの文人風情を語る。

(俺、ここで酒を、いや茶を一服やりたい。この絵が儚く消えてしまう前に、この中

国の学士様たちと語り合ってみたいな。それにしても美しい線だ。探幽っていうのは頭がいい人だったんだろうな、きっと)

仕事に戻ると、響一はまた先輩に質問を浴びせかけた。

「何で臨春閣は、あんなに平気で障子を開けっ放しにして、狩野派の襖絵を曝してるんですか？」

「何でって、別に。ここではいつものことだよ。あの襖絵は複製らしいから、いいんじゃない。本物はちゃんと別のところに保管されてるんだよ」

別にいつものことなのか。

(三溪園、原三溪先生、気前良過ぎですよ)

後日、響一は先輩清掃員たちと一緒に臨春閣の裏庭の手入れに行った。第三屋を廻って裏手へ行く。第三屋を廻る時に、第三屋一階の『天楽の間』が見えた。ちらりと見えたその内部は、江戸時代初期らしいがっちりと単純なつくりながら、意匠を凝らした床の間に加え、欄間には笛だの笙だの本物の楽器が飾り付けられている。あっぱれな遊び心だ。

裏庭へ廻ると、灯籠がひっそりと置かれていた。

「これは、身代わり灯籠と言って、千利休が刺客に襲われた時に身をかわして、身代わりになった灯籠なんだってさ」

先輩清掃員が教えてくれた。

「へえ、そうなんですか。ここにあるものはみんな由緒あるものばかりなんですね」

「そりゃ、三溪さんが集めたものは全部一級品だよ。当代きっての数寄者だもの。ついでに間古渡さんに聞かれる前にガイドしておくかな。ほら、間古渡さん、こっち見て。ここは第二屋の裏だから、有名な『住之江の間』がよく見えるよ」

「住之江の間？」

「ここは、三溪さんの葬儀や息子さんの結婚式をやった部屋なんだよ。ほら、あそこの床の間脇の地袋の螺鈿《らでん》細工は有名だから」

「ああ、本当だ。凄い、地袋に螺鈿！　あんな凄い螺鈿細工は、はじめて観ました。それに、床の間の障壁画も見事ですね。これは、狩野山楽？　こんな大きい障壁画が床の間いっぱいに描かれているなんて。凄い贅沢だなあ」

「この建物は、諸説紛々らしいけど、一応紀州徳川家の別荘だったと言われてるんだよ。だから狩野派ばかりなんだと思うよ。あ、そうだ。それから、間古渡さんが乗っているその足元の石！」

「石？」

「沓脱《くつぬ》ぎ石だよ。見事だろう。こんな美しい姿形の、大きい石、そうないぞ。これこそ『住之江の間』に据えたかったんだろうねえ。こんなに大きい石、運ぶの大変だったたろうねえ」

「あ、この石？　気がつきませんでした。ほんとだ。立派な石ですね」

「今の人は石なんか気にもしないけど、三溪園では石の価値をわかってもらわないと悲しいね。園内の石は全て、三溪さんが選び抜いた芸術品なんだよ。三溪さんがひとつひとつ石の顔を見て、活かす場所を考え抜いたんだよ」

「石の顔？　石を活かす？」

響一は顔をしかめて先輩の顔を見返した。

「そうだよ。間古渡さんは、今まで石に興味を持ったことはなかったのかな？」

先輩は少し気に障ったようだった。

「いや、その、石のことがわからなくてすみませんでしたが。ちょっと思い出したもので。この間、石のことで私に説教したやつがいたものですから」

響一の脳裏に、おもむろに敏夫の顔が浮かんだ。

「あ、そうなの。いいじゃない。その人に感謝しないと。三溪園で働くなら、石に敬意を持ってもらわないといけないからね」

「はあ、わかりました」

（トシと同じようなことを言うな！）

　響一は、敏夫の偉そうな顔を思い出して癪に障った。

（ちっきしょう。トシのやつめ）

「ここは、だいたいわかったかな？」

「はい。ありがとうございました。しかし驚きましたね。掃除の仕事をしに来ただけだと思ってたのに、ここでこんなに凄いものばかりに出会えるとは」

「間古渡さん、何も知らなかったの？　じゃ、ラッキーだったね」

「はい、超ラッキーでした」

「ははは、それは良かった。じゃあ、仕事、仕事。また何かあったら、教えてあげるよ」

「間古渡さん、熊笹の剪定やりますよ。教えるからこっち来てください」

　もうひとりの先輩に呼ばれた。

「はい」

仕事に取りかかる準備をしていると、『住之江の間』の向こうにこの間見た『浪華の間』が見えた。その間の欄間には板絵がはめられていた。

（欄間に楽器が飾り付けられていたり、板絵がはめられていたり、地袋に螺鈿細工をしてみたり。これぞ数寄屋造りとばかりにやりたい放題の御殿だな。『住之江の間』の池側の欄間も面白いデザインだった。木というのは、扱い方さえ身についていれば、わりと容易に、いろいろ面白いことが出来る素材だということだ。それに、襖絵と床の間の障壁画だ！　これは、つまり壁画だ。これは、忘れていた大発見だ。日本人は昔からアートに囲まれて生活していたんだ。額装したリトグラフとかを壁に掛けるよりも、よっぽどアートな暮らしだ。一般庶民でもやろうと思えば出来るだろう）

響一は、考えた。

「さてと、きれいに整ったぞ」

臨春閣の周りの手入れと清掃は、この日の午前中で終わった。

「午後からは、聴秋閣へ向かう谷の周りをやっていこう」

先輩たちが、あたりを片付け始めた。響一も慌てて片付けた。

『聴秋閣』――この響きに響一の心は騒いだ。採用手続きではじめて三溪園へ来た日、響一は亭榭で眠り込んでしまったため、この森の中の謎めいた名建築を見損ねたのだ。以来、仕事のスケジュールに追われて見に行く余裕がなかった。響一は休みの日に、客として聴秋閣を見に来ることにした。

聴秋閣

三溪園の仕事を始める前、家族を淡路島へ送った後に響一は、自分も慌ただしくアパートを借りて引っ越し、事務所の荷物を整理したり、家族に残った荷物を送ったり、忙しく過ごした。

その後、代理人弁護士に破産手続き開始の申し立てを依頼した。以来、債権者の対応や自身の事業所の財産管理など、全て代理人弁護士がやってくれることになった。響一はひとまずほっとした。

加えて、三溪園で働き始めてからは、響一は徐々に生気を取り戻していった。思わぬ人や自然とのふれあいや、驚きの文化財の数々との出会いが、響一をどん底の気分から解放した。

前日、管理人弁護士から連絡があった。裁判所に破産手続きの申し立てをしたとのことだった。

（いよいよ破産手続きが始まったな。これが俺の終わりの始まりだ。最後の戦いだ。ともあれ、あとは運を天にまかせるしかない。とりあえず、ひとつ区切りがついたところで、明日、『聴秋閣』に会いに行こう）

翌日、響一は『聴秋閣』に出会った。

臨春閣の池のほとりを通り、徐々に林の中の坂を登り、旧天瑞寺寿塔覆堂の前を過ぎ、林の中の亭榭を抜けると、あたりはにわかに、野趣溢れる山奥の谷間の風景になった。花の季節を過ぎて、若々しい新緑が芽吹く木立ちの中、山道に入る坂の途中で『聴秋閣』は、現れた。

新緑の木立ちに包まれて真正面の姿を見せた古建築は、不思議な形をしていた。

（これは、山荘なのだろうか？　茶室なのだろうか？）

響一には、そのどちらとも判断がつかなかった。その背後には、さらに深くなる森へと続く山道が見え、ただ森閑と、人里離れた風情に好んで建っているように思われた。森の中の秘密の離れ屋とでも言うべきか。正面玄関と思われる入り口の前には、臨春閣の裏庭にあったものよりも頑丈そうな、野性的な沓脱ぎ石が据えられていた。それが、いかにもこの建築に似合うのだが、もうひとつ手前に同じような大きな石が飛び石になっていて、間に渓流が流れていた。

（まるで川を隔てた彼岸にある幽境だな）

事実、その姿は幽境の建物としか思えなかった。

一階は、大きさもかたちもまちまちな、工芸細工のような小さな部屋が、ずらされて不適当にくっつけられたような、アンバランスな構造だ。何ともかたよった平面図形で見た目にも不安定で落ち着かない。二階は、その屋根の上に、これまた趣味で造った工芸細工のような小さな部屋が、ちょこんと展望台のように、これもいかにも不適当な中途半端な位置に乗っかっている。さらに内部を見れば、入り口に現代の玄関ポーチのような広いスペースがあって、日本の他の建築では見たこともないような木で出来たタイルが、まるで西洋の建築のように斜めにはめ込んである。

（なんだ、この建築は。信じられない。こんなセオリー無視、全てテキトーみたいな、自由設計の変形木造建築が、四百年前の日本にあったのか！　パーツばらばら、全部あいまいで不安定、ほとんど遊びの工芸細工を建てちゃった、みたいな）

響一は、衝撃を受けた。

なのに、建築は、その構造的なアンバランスさを、檜皮葺の屋根の形状と、一階、二階の欄干の絶妙な配置と、欄間や縁の下の洒脱なデザインにより見事に全体のデザインのつり合いを取り、各々のパーツに意味を持たせ、統合し、結果、信じ難い意匠建築の傑作として、そこにあった。

響一がさらに気に入ったのは、この建築が茶室のようでいて、侘びた風情に演出し過ぎたり、数寄屋風に趣向を凝らしたりし過ぎていないところだった。外観は変則的でユニークだが、造作はあくまでシャープな書院造り風。外観も内部も極めて洗練された木の直線のフォルムだ。工芸細工という例えが当たっているかはわからないが、この軽妙洒脱な小建築の美しさを際立たせているのは、間違いなく精緻な大工の職人仕事だと思った。

(他に余計な要素がないだけに、建具の木の直線の美しさが際立っているな。それに、この五角形の部屋に張られた障子はまるでステンドグラスみたいな新鮮な明るさだ。障子を直角以外の角度に配置しようなんて、ふつう思いつかないよな)

響一は、唸った。

(今まで見たこともない、異形の傑作だ。日本の伝統的な木造建築でこんなに自由な発想の設計が出来るとは思ってもみなかった。いや、既成概念に囚われて考えようともしなかった。しかし、四百年前の人間がここまで感性豊かなんだから、木造はもっと羽目を外したことを考える余地があるに違いないな。悔しいけど負けた!四百年前

の建築家にしてやられたぜ）

　響一は、思わずその場に佇んでしまった。

（しかし、これはいったい誰が建てたんだろうか？）

　響一は、背後の案内板を覗いてみた。

　佐久間将監！

（やられた！　また茶人だ。う〜ん。茶人畏るべし。茶人のやることには霞が関ビルもカマキンもぶっ飛んじまうぜ！　やっぱり歴史上の巨匠の傑作だったのだ。ここは賞賛あるのみだ）

　響一は、納得して聴秋閣との出会いを締めくくろうとしたが、まだ心にくすぶるものがあった。

（あ〜っ、しかし！　何か俺は悔しい。何だこの敗北感は。佐久間将監に競争心持ったってしょうがないのにな。四百年前の巨匠に時代を抜かれた気分だぜ。なんで四百年前の建築家に教わらなければならないんだ。くっそー。俺たちはもっと新しいものが生み出せたはずだ！　悔しいな〜！　あれ？　俺久々に燃えてるじゃないか。建築家　間古渡響一はゴミになったと思ってたのにな）

「ああ〜、俺はまだ死んでなかったんだ。よかったぜ〜」

響一は密かに歓喜に震えた。

響一は慌てて時計を見た。今日はこれから、代理人弁護士のところに行かなければならないのだ。しかし、響一はこの衝撃的な邂逅を、自分だけの胸にしまっておくわけにはいかなかった。歩きながら、響一は電話した。

「おい、トシ！　元気？　今仕事中？　まあいいから聞けよ」

敏夫が答えた。

「響一兄い、久しぶりだなあ。俺は元気だよ。響一兄いも元気そうだね。どう？　破産手続き、順調？」

「うるさいな。おまえは毎回、毎回、破産、破産て。順調だよ、おかげさまでな。ところで、俺、今三溪園でバイトしてるんだよ」

「……へえ、そうなんだ」

「今、聴秋閣っていう建物見て、超感動したところなんだけど。おまえ、見たことあるか」

「聴秋閣？　ああ、昔よく見に行ったよ。俺の先生だ」

「そうか。やっぱりおまえは、とっくにチェック済みだったか」

「響一兄いも感動したの」

「『カマキン』並みに感動した」

「そうか。じゃあ今度、三溪園へ行くよ。一緒に観ようよ」

「よし、楽しみにしてるからな。いろいろ教えてくれ。説教ばっかりするなよ!」

「ははは、じゃあね」

　響一は、敏夫の声が懐かしかった。そして思った。

(実際、『カマキン』に出会う前に『聴秋閣』に出会っていたら、俺の人生も変わっていたかもしれないな。木造であんな楽しい建物が出来る可能性があるなら、俺も木造に舵を切っていたかもしれないな)

『聴秋閣』は、響一に木造建築の意外な魅力を知らしめた。代理人弁護士のところへ行くのは気が重かったが、なんとなく光が射し込んでいる気もした。

蛍の夕べ

六月になった。響一が三溪園で働くようになって、二月《ふたつき》になろうとしていた。

五月下旬に代理人弁護士から連絡があり、裁判所から響一の事業所の破産手続開始決定がなされたとのことだった。破産管財人も選出された。これから、まさに『人間裁判』が始まるのだ。

(まな板の鯉だな)

響一は思った。

(確かに俺は、自分を過信して無理な仕事を引き受け、結果事故を起こした責任は免れない。果たしてどこまで免責してもらえるものだろうか)

響一は、プラカードを持って立ちながら、考えに沈んでいた。

「パパあ、こっちだよ」

考え事をしていた響一は、子供の叫び声で我に返った。

その日は、三溪園の『蛍の夕べ』だった。午後六時半。ようやく暗くなった園内ににぎやかな親子連れの声が満ち溢れていた。

響一は、『横笛庵』の近くの水路脇で、プラカードを抱えて案内係をしていた。このあたりの小川で蛍が羽化するらしい。水辺にたくさんの蛍の光がほのかに浮かんでいた。三溪園では、園内の小川で蛍を観賞して楽しむ催し『蛍の夕べ』を、毎年この時期に開いていた。『蛍の夕べ』の期間は閉園時間を延長していて、夜になっても大人も子供も楽しむことが出来る。茶人、三溪翁好みの、日本の夏の風流を楽しむひと時なのだろう。が、最近は風流などと言うような雰囲気ではない。

「あっいた。蛍だ！」

「あっあそこにも！」

「ああ〜、いるいる！」

蛍が現れるとあたりは次々と観賞客の叫び声で喧噪の場と化す。

暗闇の中で、子供に交じって、若い父親、母親の興奮した声も聞こえる。時間が経つにつれ蛍の数が増えていき、響一がいる横笛庵のあたりから、ずっと奥の『旧矢箆《やの》原《はら》家住宅』のあたりまで、長く続く園内の小川いっぱいに、無数の蛍の光が舞い、飛びまわって、幻想的な夏の夜の夢が繰り広げられていた。最近は懐中電灯代わりと写真撮影のため、スマホの光もあちこちに浮かび上がり、舞い踊り、大量に蛍が舞い上がると、若い親たちの「うお～！」という歓声や拍手や指笛なども湧き起こり、まるでライブ会場のようなにぎやかさだ。

「蛍の夕べも変ったわねえ。昔は静かに見守る感じだったのにね」

古い係員の女性が笑った。

「イマドキの蛍観賞ってこうなんですね。まあ、にぎやかでいいですけど」

響一も年を感じて苦笑した。自分の子供の頃とは隔世の感がある。確かに楽しくて活気があっていいかも、とは思った。響一の目の前にも、蛍の光が一つ二つ舞った。

なんだか響一も子供の頃を思い出した。

「間古渡くん、鈴木くん、早く～」

「由美ちゃん、本当に蛍いるの？」

「いるよ。ぜったい。あたし昨日見たもん」

子供の頃、近くの田んぼの水路に蛍がいたと言って、クラスの女の子たちが見に行こうと誘ってきたので、みんなで自転車で駆けつけたことがあった。

「ほら、あそこ」

「あ、ほんとだ」

暗がりの中に、蛍の儚げな光が二つ三つ見えた。

「わあ、きれい」

「きれいだなあ」

「し〜っ。静かにしないと消えちゃうよ」

由美ちゃんがそう言ったから、みんなで息を殺して見ていた。すると、

「こっちから、向こうの電信柱あたりまでの土地だ」

「広いですね。六軒くらいになりますか。だけど、平田さん、田んぼやめちゃうんでしょうか」

声がする方を振り向くと、不動産屋と響一の父親が田んぼの脇の道を歩いて来るところだった。このあたりの農家が田んぼを売って、宅地にするらしい。

「一軒は決まってるんだ。平田さんの息子さんの家を建てたいそうだ。モルタルの吹付けがいいと言ってたぞ」

「そうですか。明るい時にまた見に来ましょう」

二人が歩いていると、別の農家の主婦が自転車でやってきた。北村さんの奥さんだ。

「あ、やっぱり間古渡さんだ。よかったあ。ねえ、間古渡さん、うちの雨戸がガタつ

くようになっちゃったんだけど、そのうち見てくれないかしら」

「いいよ。明日、行こうか」

「ああ良かったわ。うちは朝早いから、朝早くから雨戸をガタガタやってると周りに迷惑だからね」

「最近は、農家の近くに住宅がどんどん建ってるからなあ」

「じゃあ、お願いね。これ、持ってって。トウモロコシとトマト。大工さんたちにもあげてね。それから、もう一つお願いなんだけど、町内の見回りのことで今度集会やるんだけど、間古渡さんも顔出してくれないかしら」

「いいよ。明日詳しいこと教えてよ。野菜たくさんありがとうね」

北村さんの奥さんは帰って行った。

「お父さん」

響一が父親のところに駆け寄った。

「響一か。こんな時間まで友達と遊んでいたのか?」

「お父さん、俺今、みんなで蛍見てたんだよ。ほら、ここだよ」

「ほんとだ。蛍を見られて良かったな。でももう遅いから、みんな帰りなさい」

「そうだ。こんな暗くなるまで子供が何やってるんだ。坊主、わしはお父さんと仕事の話があるから、みんなと一緒に帰れ」

不動産屋が割り込んできて、子供たちを蹴散らした。響一は、この不動産屋があまり好きではなかった。そう言えば、さっき父は、明日、北村さんの家を見に行くと言ってたな。響一は腹が立った。

「お父さん、明日も仕事なの？　明日は霞が関ビルを見に行く約束だよ」

「子供が大人の仕事の邪魔をするな。お父さんは忙しいんだ」

また不動産屋が割り込んできた。響一はふくれて、仕方なく帰ることにした。

「ごめんな、響一。あとで考えよう」

父は響一をなだめてから、不動産屋にぺこぺこしていた。

霞が関ビル

翌日、北村さんの家の修理は弟子にまかせて、父は午後から響一を『霞が関ビル』に連れて行ってくれた。響一は嬉しかった。テレビで霞が関ビルの竣工のニュースを見て驚き、どうしても見に行きたくなったのだ。

『霞が関ビル』は、日本で初めての超高層ビルだ。せいぜい五、六階のデパートなどのビルが駅前に並んでいた昭和四十三年当時、未来都市のような、三十六階建ての超高層ビルがいきなり東京の真ん中に出現した。非常にセンセーショナルだった。

テレビに映った、霞が関ビルの群を抜いた巨大な四角い姿。ビルの全面に幾何学的に張り巡らされたカーテンウォールのガラス面が、太陽の光に輝くさま。それを見て、響一はテレビにくぎ付けになったのだった。

「うわああ、かっこいい！」

小学生の響一は、大興奮した。

「凄い！　凄い！　未来のビルだ。サンダーバードよりかっこいい！」

「見たい。俺、霞が関ビル、ぜったい見たいよ！　お父さん、連れてって！」

　響一は、毎日父親にせがんだ。

　そしてついにこの日、父が『霞が関ビル』に連れて行ってくれたのだった。地下鉄の駅から地上に出ると、霞が関ビルは目の前にズズンと建っていた。見たこともない巨大なビルが東京に出現した。それは、まるで宇宙から来た要塞みたいだった。もしかしたら、いきなりロケットみたいに飛び立つのではないかと、響一は怖くなった。響一が歩いて近づくと、ビルはどんどん大きくなって、ついに姿が見えなくなり、目の前には全てを遮るガラスの壁面だけになった。

『霞が関ビル』の下に立ち、巨大な壁面を見上げると、ビルはクラクラするほど高く聳え立って、大空を突き刺していた。響一は足がすくんだ。

「でっけえなあ」

　中に入ると、今まで見たこともないような、広大でスクウェアなロビー空間が広がっていた。外壁面はガラス張り。壁面や床はぴかぴかに輝いて、威厳の塊のような丸の内あたりのビルとは全く違うクリアーな明るさだった。

「うわあ、かっこいいなあ。未来空間だ」

エレベーターで一気に展望台へ。響一の興奮は最大ボルテージに上った。眼下に東京の街が、ずっと低く広がっている。

「わああ、すげえ、高い。お父さん、ほら、電車があんなに小さく見えるよ！　あれが東京駅かあ！」

「響一、あれが国会議事堂だ。あれが、羽田空港だよ」

「お父さん、どこ？　あっ」

響一が羽田空港を見つけると、おもむろに一機の旅客機が飛び立つところだった。

「あ〜っ飛行機が飛んだ！　すげえ〜。ねえ、お父さん、見た？　見た？」

「見たぞ。かっこいいな！」

「うん」

飛行機はキラキラと銀色に輝きながら東京の広い青空の中をゆうゆうと旋回したのちに、少しずつ小さくなって東京の空から消えていった。

「あの飛行機は大阪の方へ行くんだ。あ、また別の飛行機が来た。俺も飛行機に乗ってみたいなあ」

響一は今度は鉄道に夢中になった。

「お父さん、あれ、山手線でしょう？　あれは？」

「あれは中央線だよ」

「へえ。あれは青いから京浜東北線だよね」

響一は帰りの電車の中でも、家に帰ってからも興奮し続けていた。

家に帰ると、早速、クレヨンや色鉛筆で、霞が関ビルの絵を描き始めた。茶の間で描いていると、

「そういう窓はこうやって描くといいぞ」

父が定規の使い方を教えてくれた。パースをつけた描き方も教えてくれた。響一は夢中になった。夢中になって描いていると、仕事を終えた職人たちが帰って来て響一の絵をからかったので、響一は自分の勉強机で描くことにした。

数日後、響一たちが茶の間で夕飯を食べていると、父が大工の仲間と不動産屋と一緒にドタドタと帰って来て隣の座敷で宴会を始めた。農家の平田さんと町内会長も一緒だ。どうやら、この間の平田さんの田んぼの売却の話がまとまったらしい。

「わははははは。これからもこの町の将来のために、みんなで頑張ろう」

不動産屋が大声で仕切る声が聞こえた。

「平田さんのおかげで、時代が変わるなあ。まあ一杯」

「苦労してきたんだから、これから豪邸建てて、悠々自適の生活を送ってくださいよ」

「わははは」

大人たちの宴会はどんどん盛り上がる。

やかましいので響一が自分の部屋へ戻ろうとすると、真っ赤な顔をした不動産屋と顔を合わせた。

「おい、坊主。お前のお父さんは偉いぞ。お前も将来、立派な大工になって、しっかりお父さんを助けるんだぞ」

不動産屋は上機嫌で、響一の頭をなでた。

(やなこった!)

響一はさっさと自分の部屋へ引き上げた。

(俺は、絶対に嫌だ。あんな不動産屋の言いなりになって、町の人たちの面倒ばかりみて一生暮らすなんて絶対に嫌だ。俺は大きくなったら、霞が関ビルみたいなでっかいビルを建てるんだ!)

響一は引き出しから定規を出して、またビルの絵を描き始めた。

父がそっと覗くと、響一の部屋には壁いっぱいに『霞が関ビル』の絵が貼られていた。響一は勉強机で一心不乱にビルの絵を描いていた。響一のその様子を見て、父は、そっと襖を閉めた。

霞が関ビルの後、『世界貿易センタービル』や新宿に新しい超高層ビルが次々に建ち、響一は心が騒いだ。が、だんだん父親から大工の仕事を手伝うように言われるようになった。子供心に響一は、自分は将来大工になって父親の後を継ぐことになるのだ、と思うようになった。

(俺んち、大工だからしょうがないな)

大工仕事を手伝いながら、響一はそう思っていた。

都市の風景は、日に日に進歩発展していった。

「なあ、トシ。俺たちがやってることって古くさいと思わねえか?」

響一は時々、一緒に大工仕事を手伝わされている敏夫にぼやいた。

「思わないよ」

敏夫の答えはいつもシンプルだった。

響一の子供の頃の回想は、このあたりでいったん途切れた。

響一は、今、三溪園の『蛍の夕べ』の案内係として、暗闇の中でプラカードを持って立っているのだった。

（あれ、俺、子供の頃の蛍の記憶から引っ張って、超高層ビルの記憶にたどり着いたんだが……それから俺、超高層ビル熱からどうやって離れたんだったかなあ）

暗闇でプラカードを持って立っているだけの仕事に飽きて、響一は、またしても考え事に陥っていた。

（それから、親父に言われて大工の仕事をやらされるようになって、「俺は大工になるのかな」と思ってたら「カマキン」に出会って、大学へ行って……そうだ、次に、俺の歴史の中で超高層ビルに出会うのは、『ミース・ファン・デル・ローエ』だ！）

園内に、閉園時間を知らせる『夕焼け小焼け』が流れ始めた。いつのまにか、暗闇の中で溢れんばかりになっていた蛍の観賞客たちが、いっせいに門に向かって移動を始めた。

「お出口はこちらですよ〜。足元にお気をつけくださ〜い」

響一は、一生懸命退園客の誘導にあたった。

ミース・ファン・デル・ローエ

仕事を終えて、響一は自転車でアパートに帰った。ワンルームのソファベッドに寝転ぶと、窓からさっきまで出ていなかった月が見えた。月を見るといろいろ思い出すな、と響一は思った。

（ミースの超高層ビルのことだっけ。あれは、大学の卒業旅行の時だ）

響一は、さっきの『蛍の夕べ』での仕事中に思い出した、自らの超高層ビルとの思い出をたどってみることにした。それは、大学卒業の頃に遡る。

響一は、大学卒業にあたって卒業研修旅行へ行くことになった。欧州と北米大陸の二つの建築研修旅行があった。そのうち、どちらかを選ぶのだが、響一は、迷わず北米を選んだ。欧州の大量の歴史的文化遺産大聖堂群には、いずれ他の機会に訪れようと思った。

北米の大きな目的の一つは、ミース・ファン・デル・ローエの超高層ビル建築を、直にこの目で見ることだった。大人になっていた響一は、さすがにこの頃は家業のことを考え、自分が高層ビル建築を志望しようとは考えていなかったが、子供の頃熱狂した霞が関ビルと、その後急速に変容を続けた大都市のビル高層化を目の当たりにし、この世界的超高層ビル時代の生みの親であるミース・ファン・デル・ローエの、まさにはじめの一歩の建築を検証しておきたかったのだ。

イリノイ州シカゴの郊外、ミシガン湖に沿ったレイクショアドライブという自動車道路に接して、二棟のカーテンウォール構造の高層マンションがあった。二棟は黒光りしながら、互いに対になって聳えている。それが、かの有名なミース・ファン・デル・ローエの『レイクショアドライブ・アパートメント』だった。歴史的建造物と言っても、この当時は築三十年の超高層マンションであった。まだまだ現役のマンションだ。

すでに日本で、『サンシャイン60』などの超高層ビルを見慣れていた響一は、『レイクショアドライブ・アパートメント』を近くで眺めても、それほどの驚きは感じなかった。あたりには似たような超高層ビルが立ち並び、その中の一つという感じ。むしろ、そのシカゴの超高層ビル群そのものに、響一はアメリカのエネルギーの凄さを感じた。

しかし、この鉄とガラスで出来た巨大なミースの四角いビルが出現し、それまでの建築の歴史を一気に革新してしまった当時は、驚愕そのものだったことだろう。以後、世界中の超高層ビルは鉄とガラスのカーテンウォールの世界となり、世界中の大都市の景観はクールでハードな幾何学世界に一変した。その先駆者がここにあった。その『レイクショアドライブ・アパートメント』には、確かに特別な威厳があった。

ミースは徹底的に、建築から有機的な装飾などの要素を削ぎ落とし、機能的、構造力学的に、最低限の構成材そのものでデザインを完結しようとした。最低限の構成材として残るべきは鉄とガラスで、コンクリートは必要でもその存在を悟らせない。その完成形として、この『レイクショアドライブ・アパートメント』が生まれた。単調な、ただのどでかい四角いビルの誕生。それは完璧な帰結であり、時代が塗り替わった瞬間であったのだ。

響一は、この巨大な四角い箱が二棟並んで建っているのを下から見上げて、その表面積の大きさに気が遠くなりそうだった。天に吸い込まれそうなビルの広大な壁面。それを、鋼材とガラス面が連続しながら限りなく覆っている。ただひたすら同じ配列で、鋼材とガラス面が延々と続いている。

しかし、響一は感じた。このミースのビルは明らかに他の超高層ビルよりも魅力的だ。それは、一目見て、この鋼材とガラス面のデザインがカッコいいからだ。よく見ると構成された鋼材には太さも間隔も強弱があり、視覚的にリズム感がある。全面黒塗りの重厚な鋼材に挟まれて、心なしかグレーっぽいガラス面が輝いているのが、都会的でカッコいい。これが、凡庸な鋼材とガラス面の配列だったら、それこそ退屈なただの箱だっただろう。

「クールだぜ！」

響一は感激した。

（こんな巨大な四角い壁面を、鋼材とガラス面だけでカッコよくみせるんだから、ミースの美的センスって凄いんだな）

その時、シカゴの『レイクショアドライブ・アパートメント』を見上げて、響一はそう思った。

その後、響一たち学生はニューヨークへ行き、ミースの美学の完成形、圧巻の『シーグラム・ビルディング』を見た。もう何も言うことはなかった。響一たち学生は、完全にやられた。

ミースの『レイクショアドライブ・アパートメント』と『シーグラム・ビルディング』を目の当たりにして、いったい何を語れと言うのだ。その前に立つものは、間違いなく全員黙らされる。すでに答えは出ている。何故ならば、それは現代の『完全解答』だからだ。これがこの時代の建築。これによって世界は瞬殺された。他に何をすればよいのだ。ここまで圧倒的な風景の革新は、歴史上なかったのだ。そしてそれは今も続いているのだ。定められたグローバル・スタンダードとして。

響一は、わかりきっていたのだが、それでもどうしてもミースの建築を直《じか》に見ておきたかったのだった。

(思えば、三十年以上も前のことになる)

響一はさらに思い出していた。

(シカゴでは『ファンズワース邸』にも行ったよな)

『ファンズワース邸』とは、シカゴ郊外にある、ミースのもう一つの代表作、森の中の鋼材とガラスで出来た住宅建築である。

ここまで思い出して、響一ははっと思いついた。

(『ファンズワース邸』って、ちょっと『聴秋閣』に似てるよな。両方とも、非実用的な、奇想な建物だというところが。両方とも、最低限の種類の素材だけを使って、細い直線だけでデザインしようとしたところが。そして、結果両方とも、完璧なデザインとなったところと、実際に造るには、よっぽど腕のいい職人がいないとだめだっただろうというところが、似てるよな……）

（そうだ。ミースにとっては、自分の設計の意図が一番大事で、そこに住む人の住みやすさは二の次だったのだろう。現に『ファンズワース邸』では、室内が透け透けで施主が困ったという話も聞いた。聴秋閣もデザインは最高だが、中にいる人にとっては居心地がよさそうではないな。ただ、両方とも、内部からの自然との一体感という意味では最高に違いない）

（そして、両方とも柱材が細く、これで大丈夫なのかと余計な心配をしそうになってしまうところも同じだ。それだけに腕のいい職人が、敏夫が言うところの、木や鋼材やガラスとちゃんと対話しながらつくらないと実際にかたちにはならないだろう。ミース・ファン・デル・ローエはいかにもいかつい建築家という風貌だが、バウハウスにも携わっていただけに、実は誰よりも素材を愛し抜き対話していた篤信家だったのかもしれない）

などと響一は思った。

彼の建築の鉄とガラスは、いずれも誇らしげに輝いている。西岡常一棟梁の言葉を借りれば、鉄とガラスはミースの建築になって、『第二の人生』を喜んでいるのかもしれない。

（今日は、『蛍の夕べ』で子供の頃のことを思い出したおかげで、意外にも久しぶりに超高層ビルのことも思い出すことになった。破産した俺が今後超高層ビルに関わることはないだろう。関心を持つこともないかもしれない。これからは、自分の手に負える範囲の仕事をするのだ）

（ところで、日本の戦国時代の城郭建築の時代は五十年もなかったと聞くが、ミースが『レイクショアドライブ・アパートメント』を発表して六十五年弱。とどまるところを知らない世界的な超高層ビルの時代というのは、いつまで続くのだろうか。これだけのものに需要が次々と起こるのが凄いな。考えてみれば驚異的な建築の時代だ）

響一は、まるで自分がリタイアした老人のように傍観しているのがおかしくなった。まあ、半分はそんなものだが。

月が、響一の心の中の話を聞いているように輝いていた。こんなアパートに一人でいると、やっぱり侘しい。響一は月に呟いた。

「俺の中にも超高層ビルの時代はあったんです。今となっては少年の日の憧れです。でも、今気づいたのは、超高層ビルの帝王、ミース・ファン・デル・ローエがクールな合理主義者なだけじゃなくて、誰よりも鉄とガラスを愛し抜いていた篤信家だったに違いない、ということ。そうじゃなかったら、あんな精工なかっこいい建築出来ないよな。そうやって活かされた素材だ思うと、鉄にもガラスにも生命力を感じてくる。トシ流に言えば超高層ビルも俺たちと繋がっている気がしてくるよ」

響一の、『蛍と超高層ビルのゆうべ』は、ずいぶん蛇行して終わった。

しかし、響一は、いつまでも幻想の中にいるわけにはいかなかった。

(今日は、ひととき夢と幻想に遊ばせてもらえた。が、もうすぐ財産が処分される。いよいよ俺の正念場だ)

響一は、にわかに息苦しさを感じた。現実に引き戻されると、響一は夜が怖かった。

破産管財人

その後まもなく、破産管財人から連絡があった。

数日後、響一はいよいよ自分の事務所兼自宅に財産の整理に行くことになった。腹をくくっていたつもりだったが、絶望的な思いが、最後までまとわりついて離れない。ついに今日で全てとサヨナラだ。だが、これを乗り越えれば、良くも悪くも次の景色が見えてくるだろう。響一は、必死に自分を鼓舞しながら、元の自分の事務所兼自宅に向かった。

（この家に足を踏み入れるのも、今日で最後だ）

もはや空き家同然となっている我が家が、響一をよそよそしく迎え入れた。

破産管財人が先に着いていて、建物の中にいた。管理人弁護士も一緒だった。破産管財人は横柄な態度で応接用ソファに座り、書類を広げた。

「預貯金はこれで全部ですね？」

「はい。それで全部です」

「貯蓄型の保険とかないでしょうね？」

破産管財人は、上目づかいで響一を睨んだ。

「保険はあと残ってるのは、この掛け捨ての医療保険だけですよ」

「それは、いいでしょう。持っていてください」

彼は無愛想に言った。

「じゃ、あとは売却出来そうなものを確保します」

破産管財人は、事務所と自宅にあった４Ｋ液晶テレビ、スピーカー類、パソコン類のほとんど全部と、響一の時計、カメラ、ゴルフバッグ、ヒロ・ヤマガタの版画など、次々と差し押さえていった。

(あんなもの大した金額にならないだろうに、ホントかよ。しかし、もうしょうがない。少しでも負債の配当になれば本望と思わねば)

「このタイピンは鑑定書付ダイヤが入ったプラチナ製ですね？　これは、よし、と。これは、イミテーションだから、いいや」

「あ、そのタイピンはもらっていってもいいですか？　イミテーションでも母が買ってくれたものなんです」

「別に、かまいませんよ」

破産管財人は、響一の母が買ってくれたイミテーションのタイピンを手で押しのけた。響一は気分が悪くなったが、心証を悪くするわけにはいかないので、顔には出さなかった。

「こんなとこかな」

破産管財人は、淡々と家の中を見回し、品定めしてカネになりそうなものをテキパキと差し押さえていった。

「あと、車なんですがね。BMW《乗用車》はすでに換金済みということで、もう一台のワゴン車だけど、あれ十二、三年経ってるから価値ないんで、引き取ってもらえませんか」

「そうですか。助かります」

(価値がなくて悪かったたな。あった方が便利なのは事実だが。だけど引き取れと言われても、今の俺には駐車スペースすらないぜ)

響一には何も言う権利はなかった。

「で、あとはこの建物と土地、と。これでいいや。じゃあ、家の権利書と土地の登記簿ももらっていきますね」

破産管財人は、書類を確認しながら家の中を見回した。

「こんなところですかね。残ったものの処分費用もかかるから、それは差し引きますので。あと精算金額と配当内容が出るまでは、少し時間がかかりますんで。また連絡しますから」

「お世話になります」

「じゃ、今日はこれで」

破産管財人は、事務的に仕事を済ませて管理人弁護士と共にさっさと出ていった。

(俺の負債を俺の代わりに返済するために、あいつは有能な仕事をしてくれたんだ)

響一は、わかっていたこととはいえ、怒りと悲しみがこみ上げてきた。

(運命ってのは、俺を馬鹿にし過ぎるぜ。あんな破産管財人をよこして全部奪い去りやがって。なくなった。ついに。俺は全てを失った。あいつら俺の人生が詰まったものを平然と全部持っていきやがった。必要ないものは全部処分だ。俺の人生そのものが処分された気分だ。多大な過失責任と損害を与えた俺だから当然だが、当然だからって当然のようにやり過ぎる酷過ぎるぜ。破産した人間にも、人間感情があるんだ。誰が好きで破産するんだよ。償うために全てを投げ出した人間を、もう少し人間扱いしてもいいだろう!)

(そうだ。罪を償うまでは、人間じゃないということだ。失敗の代償は大きい。法律の前には一人の人間の人生なんて、ただの処分の対象だ。簡単にきれいさっぱり奪い去られる。後には何も残らない。人生が廃棄されたのと同然だ。俺の人生は裁判所と破産管財人によって、全て廃棄された……）

響一は感情のやり場に困ったので、やり場のない怒りを全て裁判所と破産管財人にぶつけた。

すでに響一の事務所と自宅は響一のものではなくなっていた。響一は、外に追い出され、破産管財人がドアに鍵をかけた。響一は永久に自分の事務所と自宅から閉め出された。破産管財人と管理人弁護士が車で去っていくのを、響一は一礼して見送った。あとにポツンと響一が一人残った。自分のものでなくなった建物の前に……。

響一は外から、差し押さえられたかつての自分の事務所を眺めた。

（ここは、親父と俺とじいちゃんと、その前のご先祖と、みんなで生み出した一級建築士事務所だったんだ。トシも来た。俺の家族もここにいた。それを俺は潰してしまったんだ。しかし、すでにここは奪われたが、ここへ来るまでの道のりは、形がなくなっても絶対になくならないぞ。絶対にあったんだ。ここに。俺の一級建築士事務所が。俺は絶対にここにいたんだ。失敗したとはいえ、俺の成し遂げてきたことは不滅だ。それは、俺の中に蓄えられている。この現実を、自分がどう受け止め、どうすればいいのかだが……）

響一は、思いを絞り出した。

（俺の人生を裁くのは裁判所じゃない。これから俺が俺自身を裁く。失敗にどう向き合うかは俺が決める。これからの人生で、俺の、俺による、俺のための裁きを始めるんだ。俺は人生に負けたくない。人生の負けを認めるのは絶対に嫌だ。何故ならば、負けたか負けてないかなんて、まだ決まってないからだ。これは、単なる通過点に過ぎない。俺は必ず反撃する。俺が決めたやり方で反撃する。本当の勝負はこれからだ。俺は必ず生き返る！）

怒りの炎が響一を奮起させた。響一は、この日を忘れなかった。

さようならカマキン

　しかし、響一に追い打ちをかける出来事はさらに続いた。響一が、差し押さえられなかったワゴン車をまこと工務店に置かせてもらってから電車で帰る途中、ふと電車の車内広告が目が入った。それには、

【鎌倉からはじまった。「神奈川県立近代美術館　鎌倉」の65年
さようなら、カマキン】

と書いてあった。

「！」

　響一は動揺した。

（なんだ、これは？　もしかして、「カマキン」が閉館するのか？　にわかには信じら

れない。うそだろ。「カマキン」は不滅だ。「カマキン」は永遠じゃなくちゃダメだ。「カマキン」は俺の魂のふるさとだ！）

通称「カマキン」――『神奈川県立近代美術館　鎌倉』は、響一が、中学時代はじめて訪れ、衝撃を受けて、建築を志した原点の場所だった。

響一は心底うろたえた。スマホでチェックしてみた。

（本当だ。本当にカマキンが閉館する！）

どうやら本当に『神奈川県立近代美術館　鎌倉』通称「カマキン」は、閉館するらしい。

（俺はどうしたらいいんだ？　知らないうちに心のふるさとまで失われる。俺には帰るところがなくなる！）

破産管財人による財産整理の衝撃を整理しきれずにいるのに、その上さらに「カマキン」の「閉館」を受け入れる心の余裕など響一にはなかった。

その後数日間、響一は必死で財産整理の余波と戦い、さらに「カマキン」と別れる心の準備をした。

数日後、響一は満を持して「カマキン」に会いに行った。最後が迫った、余命いくばくもない「カマキン」に。

（だめだ。やっぱり信じたくない。「カマキン」がなくなるなんて。会いたいような、会いたくないような。「カマキン」に会ったらいったい何て言えばいいんだ……）

響一は、まだうろたえていた。

根岸線で大船へ出て横須賀線に乗り換えると、鎌倉にはすぐに着いてしまった。鎌倉で降りると、響一は小町通りを通って、はじめてカマキンに出会った時のように『正門』から入ることにした。中学生の時にはじめてカマキン、『鎌倉近代美術館』に学校の課外授業で来た時のように。以来、響一は学生時代から三十代くらいまではカマキンを意識して度々訪れていたが、その後仕事や家庭が忙しくなってからはすっかり足が遠のいていた。

「懐かしいな！」

カマキンに近づくにつれ、悲しみよりも本能的な慕情が湧き上がってきた。過去の場所というのは不思議なものだ。たとえその時は非常に苦しくても、去ってみればそこには一生懸命だった今より未熟な可愛い自分が存在した甘い思い出の場所になる。ましてや、今現在が過酷であれば、人は過去の場所でしばし過去の自分の世界に逃げ込んで、休息することが出来る。

響一の目に懐かしいカマキンの姿が映った。

(ああ、カマキンだ。懐かしい。本当に久しぶりだ)

あの白い箱。真ん中からまっすぐに延びた階段。変わらない。カマキンにまた会えた。

(俺が全然来なかった間も、カマキンはここにずっとあって、ずっと展覧会が開かれていたんだもんな。なんでもっと何度も来なかったのかな。まさか閉館するなんて)

久しぶりに再会したカマキンは、老いていた。数年前に葉山の美術館が出来て以来、おおかたその役割を終え、その後の〝身の振り方〟を考えられていたのだろう。そしてついに閉館することになった。きっと、修繕の予定も予算もなく、なるがままになっていたのだろう。全体にぼんやりと白茶けていて、ところどころ外壁パネルが歪んでいる。かつてまぶしいほど放たれていた光は、その外壁から失われていた。カマキンは古びて、ちょっと寂しそうな姿で、それでも一生懸命、響一を迎え入れてくれた。

(仕方ないよな。カマキンは六十五年間働いていたんだからな)

かつてのように、『わくわくする入り口の階段』を上り、『わくわくする小さなドア』

の前に立った。

（ここが自動ドアじゃないのがいいんだよな。夢の扉は自分で開けないとな）

やっぱり、響一はここに立つとわくわくした。

扉を開けると、内部も同様に古びてはいたが、驚いたことに、響一と同様にカマキンとの別れを惜しむたくさんの客でごった返していた。場内は彼らの熱気で溢れかえっていた。この外側と内側のギャップも、カマキンの醍醐味だった。夢の箱の扉を開けると、中はやっぱり夢の世界なのだ。

公開されていたのは、カマキンの珠玉の収蔵作品群だった。最後に『近代美術館鎌倉』が六十五年間にわたって研究収集した、近代美術の足跡を展覧しているのだった。響一も何度か観た作品が並んでいた。響一は美術にはそれほど関心はなく、もっぱらこの建築に会いに来ていたのだが、そんな彼から見ても、カマキンの展覧会は他ではやっていない斬新で個性的なものばかりで、毎回刺激を受けた。

展覧室は、相変わらずの居心地のよい広過ぎない空間、低い天井。漆喰の壁はやや古びて、むしろどこか親しみを増していた。この美術館の中は、なんとも親しみと安心感に包まれる。他の鑑賞客も仲間のような一体感に包まれる。そんな不思議な家でもあった。

響一は大好きな、中庭を見下ろすバルコニーに出た。かつてこの中庭では、壁面にスクリーンを張って映画を上映していた。その賑わいが今、二重写しに目に浮かぶ。その隣の喫茶室。平家池を見下ろすバルコニーで、かっこつけてコーヒーを飲むのが響一の習慣だった。

（美里をデートに誘ったりもしたっけな。最後はやっぱり、階下に下りて平家池のテラスへ行かなくては……）

階段を下りると、池に面した屋外スペースが、少し古めかしくなって前と同じように待っていた。前と同じように平家池に蓮が生い茂り、前と同じように風が吹いている。前と同じように、天井に池の水面の揺蕩《たゆたい》が、反射して輝いていた。六十五年間、水面は揺れて輝いて、反射を繰り返していたのだろう。

響一は、時の流れを感じると共に、一方で時が止まったようにずっとここで同じ営みを繰り返していたカマキンの存在を思った。残念ながら、あの、平家池に浮かぶようなガラスの部屋、新館は閉鎖されてしまっていたが。

「ずっと、いてくれるものだと思ってたのにな。俺のカマキンは」

平家池を眺めながら、響一はぽつんと呟いた。

あちこち老朽化しているから、閉鎖されるのも無理はないんだろう。そもそもモダニズム建築というのは、工業の発達の結果、石や煉瓦などの重厚な建築を脱し、鉄、ガラス、コンクリートなどの工業素材を使って機能的な構造の建築を目指したものだ。元来、工業生産的なサイクルの、合理的な生産性を建築に実現するのが目的であって、百年、二百年持たせることを目的とした建築様式ではないのだ。ましてや、この美術館の建造にあたっては、コスト面が一つの課題だったという。必要に応じて、規格化しやすい新建材を採用したなどの事情もあったことだろう。

しかし、それだからこそ、モダニズム建築のこの建物こそが、この日本初の近代美術館には大正解だったのに違いない。近代工業の時代と並走する近代美術の、日本で初めての美術館だったのだから。昭和二十六年に、鶴岡八幡宮の境内にこのモダニズム建築の白い箱が建ち上がったことを想像すると、どんなに驚くべきことだったことだろう。まさに、この建築が『近代美術館』の始まりを宣言し、時代を革新したに違いない。そして、今、カマキンはその役割を終える。カマキンの時代が終ろうとしているのだ。

（これでいいんだ。カマキンは六十五年間いてくれたんだ。これでいいんだ。もう休んでくれ、カマキン）

響一は哀惜がこみ上げる自分とカマキンにそう言い聞かせた。

ここは何故か本当に立ち去り難い場所だ。

それはこの建物が、ル・コルビュジエの弟子の坂倉準三先生のモダニズム建築だから――だけでは説明がつかないだろう。

何故、ここはそんなに立ち去り難いのか？　何故、そんなに居心地がいいのか？　この空間では、全てが繋がるからだと、響一は考えた。広過ぎない空間のせいなのか、親しみやすい素朴な自然素材が多いからなのかは、わからない。

この美術館の中で絵を見ていれば、何故か絵も自分も自然体になって親しく対面することが出来る。彫刻などは、景観のなかで凄く生き生きとする。常設の他の彫刻があっても、平気で仲良くなる。外気に触れたり、池に出会ったり、いろいろな場面設定の中で、人も作品も表情豊かになる。誰も引っ込まない。人も作品もみんな生きる。本当に不思議な場所だ。全員の個性を引き出すためには、全員の個性を受け入れなければならない。そんな包容力を、鶴岡八幡宮の境内の環境と、坂倉先生が生み出してくれたということなんだろう。

(包容力のある建物って、みんなを繋げるんだな。では、包容力のある建物ってどういうものだろうか？　みんなの命を輝かせる空間、みんなの行動を引き出す空間、みんなが安心出来る空間――てところか。俺もこれからそういう建築を目指そう！)

響一は最後にカマキンから学んだ。

(まだ展覧会は続くけど、俺はもう来れないかもしれないな)

ついに響一は、去った。最後に振り返って見たカマキンは、やっぱり老いていた。

(いいんだ。俺の中のカマキンは永久に不滅なんだ。カマキンは俺の原点。俺の魂のふるさと。これは絶対に変わらないんだ。これからはふるさとがなくなってしまうから、俺の心の宝物だ。坂倉準三先生、ありがとうございました。さようなら、カマキン――)

でもこれからも、きっとずっと心の中で、ありがとうと言い続けるだろう。

タマネギの皮アート

響一には、さらに追い打ちが待っていた。

アパートに帰ると、宅配便が届いた。美里からだった。美里が時々身の回りの物や、時には冷凍便で手料理を送ってくれていた。響一は嬉しかった。今回は料理ではなく、タマネギなどの野菜と夏物の衣類などを送ってくれた。よく見ると、大量のタマネギに交じって小さな包みが入っていた。

「なんだ、これは？」

開いてみると、タマネギの皮らしきものでつくられた額絵だった。響一は美里に電話した。

「美里♡元気か？　俺は元気だよ。ああ、この間、うちに破産管財人が来たんだよ。そうそう、全部持ってっちゃったよ。ははは。でも心配するな。これでなんとかなるだろ。もうすぐ終わるよ。これからだ。なんとかなるから」

「そう。響くんパパ、ひとりで大変だったわね。お疲れ様でした。大丈夫よ。あたし、心配なんてしてないわよ。また頑張りましょうよ、響くんパパ！」

美里も元気そうだった。相変わらずの美里の気丈な励ましが心底ありがたい。「カマキン・ショック」のあとで寂しかっただけに、美里の声が聞けて響一はいっそう嬉しかった。

「ところで、今、荷物が届いたよ。いつも、ありがとうな。それで、なんかタマネギの皮の絵みたいなのが入ってたんだけど……」

美里の声がいちだんと元気になった。

「そうなの。それ、きれいでしょう！　あたしが作ったのよ」

「おまえが？」

「そうなのよ。あたし、タマネギの皮で何か作れないかと思っていろいろやってるんだけど、この間、タマネギの皮で貼り絵をやってみたら、農協の人たちがみんな褒めてくれたの。で、たくさん作って皆さんにプレゼントしたら、これ、道の駅に置いてもらったらって」

「道の駅で、おまえのタマネギの皮の絵を売ってるのか？」

「タマネギの皮の絵じゃないわよ。『タマネギの皮アート』よ。そうなの。始めたばっかりなんだけど、わりと好評なのよ。ちょっとした収入にもなるし。響くんパパも嬉しいでしょ。だから、響くんパパも寂しいでしょうから、その『タマネギの皮アート』を飾っておいてね」

「お義兄さんの農作業も手伝ってるんだろう？　そんなに頑張って、体は大丈夫なのか？」

『タマネギの皮アート』は、時間がある時に楽しみながらやっているから大丈夫なのよ。でも、売り上げが伸びるようなら、本腰入れてやってみてもいいと思ってるの」

「あんまり無理するなよ。おまえが苦労するのが一番心配なんだ。破産手続きが終わるまでまだ少しかかるけど、それまでにこの先のことも準備しておくから、一緒に考えよう。俺はおまえを幸せにするために絶対頑張る。そうじゃないと、結婚サギになるからな」

「ありがとう。響くんパパ、嬉しいわ。でも、大丈夫。今まであたし十分幸せだったから。今は響くんパパ大変だから、あたしが稼ぐのよ。ちょっと『タマネギの皮アート』をビジネスにしてみるのも楽しみかなあって、実はわくわくしてるのよ。妻が実業家っていうのも、今時イケてるでしょ？」

「実業家ね。まあ無理しないように楽しくな。ところで、梨央は大丈夫？」

「梨央は、今は淡路島の中学に慣れて頑張って通ってるわ。友達も出来たし、勉強も頑張ってるし、楽しそうにやってるわよ。誠志郎はこっちが気に入ったみたいで、凄く楽しそうに、学校も農作業も魚釣りも一生懸命やってるわよ」

「そうか。安心したよ。淡路島暮らしもいいもんだ。誠志郎には魚釣りもいいが、勉強もしっかりやれ、と言っておいてくれ。来年は受験だろう？　しかしなんとかみんな平穏無事に着地出来て本当に良かった。これも全ておまえのおかげだ。美里」

「心配しないで。こっちは大丈夫だから。響くんパパの方こそ体に気をつけてね」

美里は要件が終わったと思い電話を切ったが、響一は気がつかなかった。響一はにわかに美里が恋しくなった。

「美里♡。子供もいないんだから、俺を響くんパパというのはやめてくれ。そうだ、美里。俺、今日カマキンへ行ったんだ。覚えてるだろう？　昔おまえと一緒に絵を観て、池を眺めて、喫茶室でコーヒーを飲んだりしただろう……」

「…………」

「懐かしかったよ、美里。思い出したんだ。あの時のおまえは最高にきれいだった」

「…………」

「あれ？　切れてるのかな。美里、美里！」

「…………」

「なんだよ～！　切れてるじゃないか～！」

響一も電話を切った。悲しかった。響一は美里恋しさを持て余して、仕方なく『タマネギの皮アート』の額絵をソファベッドの横に飾っておいた。

この時は、これで終わった。

根岸森林公園

次の休みに響一は根岸森林公園にいた。ひたすら広い緑の芝生が、ひたすら気持ちよかった。響一は芝生に寝転んで、青い空とアメリカ人建築家Ｊ・Ｈ・モーガンが建築した、かつての『根岸競馬場一等馬見所』の廃墟を眺めていた。ここには考え事をしに来ていた。狭いアパートにいると、どうしてもマイナス思考になる。ここならば、開放された場所でのびのびと、人目も気にせずぼんやり出来る。それに、自分の考えを整理する助けに、やはりモーガンの『根岸競馬場一等馬見所』の遺構を検分したかった。

ここは、幕末に横浜の外国人居留地の外国人たちのために造られた競馬場だった。かつての競馬場は馬見所の向こう側に広大なコースがあり、この一等馬見所の他にも鉄筋コンクリート造りの立派な二等観覧席があって、総収容人数は一万六千人以上だったそうだ。途中から日本人も観覧出来るようになり、当時は横浜の外国人たちと日本の政財界の名士たちの社交場でもあった。さぞやにぎやかで華やかなところだったのだろう。一等馬見所には貴賓席があり、天皇陛下もお越しになられたという。

旧『一等馬見所』は、三つの塔を持つ巨大な廃墟だ。廃墟となっても、朽ち果てるまま、蔦が絡まるままにそこに立ち尽くしている。緑の蔦が生い茂り、青空の中に建つ姿は、今も歴史の記憶を呼び起こす味わい深いモニュメントではある。

しかし今後、全ての鉄筋コンクリート造りのビルが、味わい深いモニュメントになるわけではないだろう。多くはいつかは役目を終え、寿命を迎え、ただの廃墟となる。その頃の我々の子孫たちは、先人たちが残した巨大なゴミの山をいちいち解体掃除してくれるだろうか。

『カマキン』も六十五年でその使命を終えた。予算があったら修復したのだろうか。いや、修復したとしても、いずれそう遠くない将来に引退勧告を受けただろう。

コンクリートの寿命は百年と聞くが、そうであるならミースの超高層ビルたちも、それ以前のニューヨークの超高層ビル群も、いずれは終焉を迎える。再生があるのかは、未来の人々に聞いてみなければわからない。

(建築の後始末ほど厄介なものはないな。「仕方ないよな」じゃ言い訳にならないか)

モーガンの旧一等馬見所を眺めながら、響一は思った。

(俺自身も、オーバーに言えば、今までの歴史もひっくるめて、建築の世界は今まで必死に時代に追われて走り続けてきたからな。人間社会の凄まじい需要に迫られてどんどん新しい建物を造り続けてきたんだ。造る時は必死だよ。とにかく造るのが命題だったんだ。とりあえず百年後のことなんか生きてないからわからないさ。誰も考えてなかったよ。しかし、今までは未来のことは未来に聞けっていう感じだったが、今ここに来て、未来そのものが出口なしの閉塞感に覆われてくるようになってしまった。かつてこんなことはなかったよな。しかし、三溪園の『臨春閣』も『聴秋閣』も、ほかの建物も、現に四百年前から建っている……)

響一はこの事実を再確認した。三溪園に移築されてきた時などに何度も解体修理をしたのだろうが、それでも修理を重ねることにより、四百年間美しく立っているのだ。法隆寺や薬師寺のように、はじめから何百年先を考えて造ったわけでは恐らくないだろう。しかし、結果四百年建ち続けている。これが木造建築の真実だ。

(木造建築再考、木造建築再構築、開始だ!)

響一は、緑の木々に目を移した。梅雨入り前の初夏。木陰はまだ涼しく居心地が好かった。

(何と言っても、日本の気候と土壌は木には住み心地がいいのだ。住み心地がいいから、たくさんの種類の木々が豊かに生えているんだ。だから、遠い祖先はその気候に適応した木で、気候に応じて快適に過ごせる家を造ることにしたのだろう。その上木は加工がしやすいから、家を造るのもやりやすい。それこそ人が触れて対話しながら一緒につくれる。人間にいちばん親しみやすくて、肌触りもやさしくて、天気にも上手くあわせてくれるし、共存するには最高のパートナーだ。木なら調達のための育成も、サプライチェーンも目が行き届く範囲で出来そうだ。手が届く範囲で、上手く育成と伐採を循環させることが出来れば、建築の自給自足が出来るのではないか。はるかアマゾンの森林を破壊しなくてもすむだろう。木の建築はやろうと思えば何百年も持つし、逆に潰してもいつかは土に返り、次の世代の木を育むだろう。実に自然な、健全な営みだ。そんな昔みたいな、自然と建築の関係が復興出来ればいいなあ……）

気がついたら、響一はこんなことを考えていた。

そして、俺も変わったなあ、と思った。

（俺にとっては、要は、全てにおいて自分が手に負える範囲の仕事を、目に見える場所で、顔の見える施主さんと一緒に楽しくやりたいということだ。もう若くないしな。自分のあずかり知らない遠いところで、資源を用立てる勇気はないぜ。問題が起きたら対応しきれないからな。俺は破産で懲りたんだから、無理は禁物。顔の見える範囲で全て賄うことにしよう。俺はこれからは「アンチ・グローバル資本主義」の田舎者になる。地域の土地や環境を守りながら、土地の木と共に、土地にあった暮らしが出来る建物をつくることにしよう）

（やれやれ、当たり前の建築の原点がわかるまで五十年かかったぜ。大工の息子に生まれて、ぐるっと回って、やっと木造建築に目覚めたんだから手間かかったよな。だいたい、欠陥設計事故を起こして一級建築士事務所を倒産させた俺が、また同じことを始めるのは社会的にも許容されないだろう。それに、関連事業所を倒産させたことで、まこと工務店にも親父にもご先祖にも申し訳ないことをした。俺はこのままではすませたくない。まこと工務店になんとか償いと貢献がしたい。すると、正解は自ずから、まこと工務店だ。俺の行く道は、まこと工務店で、トシが提示してくれた木造建築プロジェクトの仕事に努力邁進するしかない！）

響一は、起き上がった。

「よし。これから五十のオッサンの再出発だ。美里と子供たちのために、まこと工務店と木造建築の未来形のために、地球の環境を守るために。俺はやらねばならないんだ！」

木造建築プロジェクト

数日後、響一は、まこと工務店へ行った。敏夫がいつか言った仕事の話をよく聞くためだ。『会長』の響一の父も来ていた。敏夫が朝一番で来るように言ったので、響一も会長も朝早くから馳せ参じたのだった。響一と会長が事務所に入ろうとすると、敏夫がドアの横で出迎えた。

「おはようございます。会長。響一兄い」

「おはようございます」

つられて響一と会長も元気よく挨拶した。

敏夫は一番奥の社長の机の前に立って、朝礼を始めるところだった。社長の机の上の壁に『まことの愛』と墨で書かれた大きな額が掛けられていた。

響一は会長に聞いてみた。

「あんな額、あったっけ?」

「知らん。あいつが掛けたんだ」

敏夫が社員全員を前にしゃべり始めた。

「皆さん、おはようございます！」

「おはようございます！」

社員たちがいっせいに声を上げた。

「皆さん、今朝私は、この『まことの愛』という額をここに掲げさせていただきました」

社員たちがどっと笑った。

「今日からの新しい社内ルールを発表します。今日から、この会社の物事の判断基準は、『まことの愛』とします。社内の人間関係も、施主様やお取引様との関係も、建築資材や土地との関係も、愛があれば上手くいくんです。だから、皆さんが何か上手くいかなかった時には、『愛が足りなかったんだなあ』と思うようにしてください」

社員たちがまたどっと笑った。

響一は心配になった。

「あいつ、大丈夫なの？」

「わからん」

会長も首をかしげた。

「具体的には——」

敏夫が続けた。

「愛とは、『理解すること』だと私は思っています。何事も相手が人間でも木材でも設計図面でも、真剣に理解しようとすることです。それが、『まことの愛』というものです」

「おお～」

社員たちから拍手が起こった。

「私も、皆さんを『まことに愛し』ますから、皆さんも今まで以上にお互いに愛し合ってください。よろしくお願いします。私の話は以上です。」

また、どっと笑いが起きた。敏夫の話が終わった。

その後、各部門長から連絡事項があり、エールを交換して朝礼が終わった。

(ちょっと変わってるけど、トシは上手く会社をまとめているようだな)

敏夫がやってきて、会長と響一を会議用のテーブルに案内した。

「響一兄い、よく来てくれたなあ。愛してるよ。今日は俺が決めた新しい社内ルールの発表の日だったから、会長と響一兄いにもお披露目しようと思ってさ。朝早くから申し訳なかった。俺が決めたルールは最高だろう。これで会社はいつでもハッピーだ」

　敏夫は上機嫌だった。

「まあ、いいから座れよ」

「会長も愛してますから」

「まあ、いいから始めろよ。俺も社長を愛してるぞ」

「ありがとうございます」

　響一が切り出した。

「さて、今日、まこと工務店に来させてもらったのは、前に社長から話を聞いていた、まこと工務店の新しい試みの内容についてより詳しくお聞きし、是非そのプロジェクトに、参加させていただきたいと考えてのことです。多大なご損害、ご迷惑をおかけしましたが、おかげさまで破産手続きも夏中には終わる見込みですので――」

　敏夫が遮った。

「わかった。それは良かった。うちは響一兄いが破産してくれたおかげで、ほとんど損失はないよ。逆に、響一兄いが破産してうちに戻って来てくれてありがとう、だよ」

　響一は敏夫の『愛』が嬉しかった。

「まあ、そう固いこと言わなくていいからさ。このメンバーなんだから。でも、響一兄い、どうしてやる気になったの?」

敏夫と会長は響一の顔を覗き込んだ。

「うん。実は、この前にまこと工務店に来てトシからプロジェクトの話を聞いた後に、不動産屋さんから電話があって、三溪園でバイトしてくれないかって頼まれたんだよ。断り切れなかったのと、生活費のために引き受けることにして、俺四月から三溪園でバイトしてるんだよ。そうしたら、俺は今まで関心持ったことなかったんだけど、三溪園に凄い木造建築がたくさんあって、凄い刺激を受けたんだよ。庭の手入れとか庭石のこととかも習って、いい勉強をさせてもらえてるんだ。おかげで、この間トシが木造建築のことで言ってたことがよくわかったよ。他にもいろいろ今までやってきたこととか、俺の人生のこととか、まこと工務店のこととかよく考えて、今後は木造建築に関することを、まこと工務店で真剣にやらせてもらって少しでも恩返しさせていただきたいと思ったんだ」

敏夫と会長は顔を見合わせてニンマリした。

「そうか。それは良かったなあ、ねえ会長」

「うむ。怪我の功名とはこのことだな」

「心機一転、歳は取ってるけど、今までの経験を生かして頑張るよ」

「歳を取らないとわからないことはたくさんあるぞ。これからだと思って、是非良い仕事をしろよ。俺も敏夫も期待しているからな。とにかく、おまえがまた戻って来てくれて嬉しいぞ」

会長が響一を受け入れてくれた。

「そう言えば、響一兄い、二度目の出戻りだな」

敏夫が笑った。

「いや、今度は絶対に木造建築一筋で、社長のもとで頑張ります」

「そうだ。お前の悪いところは、自分を過信して独断で暴走するところだ。そこはしっかり敏夫に管理してもらえよ。敏夫、しっかりこいつを制御しろよ」

「大丈夫だよ。俺は木造は素人同然なんだから、トシや社員の皆さんに教えを乞うて、相談しながらやるよ。それに、破産から人生のこともたくさん学んだんだ。俺の中のルールは『愛』と『謙虚』にするよ」

響一が言って、全員が笑った。

「さて、仕事だけど」

敏夫が、話し始めた。

「最大のテーマは、『木造住宅の循環型社会の提案』だ。今後、地球規模で人口増加と資源の枯渇が叫ばれる中で、俺ら地元密着型の中小企業としては、グローバル型経済の恩恵に頼らず、自立した地域自給自足の産業社会を目指すべきだと思うんだ。つまり、地域社会で建てる家の木材を、地域社会で調達できるように地域の森林を整備したりして、木材の循環社会をつくるんだよ。それには、大きいことを言えば、地元の森林環境とそれを取り巻く自然環境を調査して、さらに豊かに充実させるよう改善していく事業をまずやらなければならないだろう。

もう一つは、そうした地元の木材を使ってどんな家がつくれるか、家のモデルプランを確立すること。さらには、もしかしたら、そうした森林と住宅の関係を中心にした地域のコミュニティづくりの提案も必要になるかもしれないと思うんだ。住宅の設計も、今俺らがやってる伝統的に確立されたものじゃなくて、例えば、もっと森林資源を無駄にしないように必要以上に製材しなくてよい設計を考えるとか、もっと住民参加型の家づくりの発想を考えるとか、百年以上住める家を建てて修理や改装しながら何世代も住んでもらうとか、新しい家づくりの可能性をいろいろ考えてみるべきだと思うんだけど、どうかなあ」

「それ、デカいテーマだけど、絶対取り組むべき課題だと思うし、俺ら中小企業が積極的に取り組むことにマジ意義があると思うよ」

　響一が賛成して続けた。

「だけど、とても俺らだけで考えられる問題じゃないな。よくわからないけど、森林の専門の大学とか、林野庁とか、森林業者とか、自治体とかを巻き込んでみんなで協力して取り組まないとな。家のモデルプランもいろんな人に提案してもらった方が面白いものが出てきそうだと思うけど」

　敏夫がそれに答えた。

「そこだよ。まずは森林の生態系をよく知って、地域の家づくりに適した樹木をある程度選定して、その樹木の植林が限られた地域の土地でどのくらい出来るか、家が建てられる材木が採れるようになるまで何年かかるか、とか、家一軒建てるのに木が何本必要かとか、しっかり調べないとな。それには、いろいろな専門家に協力してもらわないと。そうして、うちなりの提案が出来上がったら、地域の同業他社にオープンにして、同調してくれる会社と一緒に共同開発してもいいと思ってるんだ。それが地元のムーブメントになっていけば大成功だよ。目的は、より木の命を大事にするものづくりだよ。木と人間のもっとお互いが幸せになれる家づくりを目指すんだよ」

「なるほど」

「まあ、とにかく、こういうことだから、いろんなところの偉い方々と折衝したり、協力したりしてまとめていかなければならないんだから、響一兄いの幅広い知識と経験値に期待するところが大きいんだよ。マジ頼むよ、響一兄い。いつまでも破産だ、破産だなんてめそめそしてる暇はないからな」

「わかった」

「響一、しっかり頼むぞ。これは素晴らしいプロジェクトだ。まこと工務店が地域に貢献出来る可能性がさらに広がったぞ。敏夫、おまえがこんな大胆な試みをしようとは、悪いが思ってなかったぞ」

会長も喜んだ。

「試みるだけは誰でも出来ますから。これからは響一兄いを中心に、実際に車輪を回していく段階ですね。みんなで協力して頑張りますよ」

「俺も正直言って驚いた。トシがこんな事を言い出すなんて。俺、マジおまえを見直したよ、トシ。おまえは社長として立派にやってる。おまえが社長になってよかったな」

響一も敏夫を称賛した。

「俺は、ただ木が好きなだけだよ。愛する木のためなら何でもやるんだよ」

「さすが木のプロだな。俺は霞が関ビル以来、脱線しまくりだった。まこと工務店を発展させるには木造ばかりやってちゃダメだと思ってたんだが、トシは木造建築をさらに追求して発展させている。それが『まこと工務店』の正しい発展のさせ方だな」

「そうじゃないって、響一兄い。俺は大工しか考えられなかったし、勉強出来なかったしさ。いい大学に入って、何でも出来て、どんどん挑戦して世界を広げていく響一兄いが、本当に凄いなあと思ってたんだよ。今でもそう思ってるよ。だから俺も、響一兄いを見習って伝統技術ばかり磨いてないで挑戦しようと思ったんだよ」

「俺も同感だ。まこと工務店と伝統技術を守り続けた敏夫には賞賛しかないが、俺たちは木造以外やりようがなかったからな。おまえが霞が関ビルに熱中して大学へ行ったのは誇らしかったぞ。大工の自分の息子が、でかいビルを建てて喜ばないわけがないだろう。ただ、あの時はおまえの行動が性急過ぎて、社内の調整が出来なかった。まこと工務店としては手に負えなかった。おまえをむざむざ破産させてしまい申し訳なかった。が、おまえの実力は高く評価している。今後は是非ともおまえの建築家としての結果を、まこと工務店で出してくれ。切にお願いする」

響一の父である会長は響一に頭を下げた。

「やめてよ。父さん。俺は家業に真正面から取り組まなかった、不肖の長男なんだから」

　響一は慌てた。

「なんか調子狂うな。久々に褒められた。でも、言えた義理じゃないけど、失敗してはじめて学べたことはたくさんあるよ。それは全部俺の新しい財産だ。失敗は人生の終わりじゃなくて、再生の時だよ。失敗でもしないとこの年で再生なんて出来ないだろう。そりゃ、失敗はしない方がいいに決まってるけど。失敗したおかげで父さんとトシの『愛の告白』も聞けて良かったよ」

「ははは」

　三人は笑った。

「破産手続きはまだ少しかかるから、その間に仕事のことを考えておくよ」

「響一兄い、ホントありがとうね。愛してるよ」

「トシ、感謝するのは俺の方に決まってるだろう。ありがとう。またよろしく頼むよ」

「じゃあ、俺を『愛してる』と言ってくれ」

「…………」

「社内ルールだぞ」

「愛してるよ」

「よし、採用だ」

会長が苦笑していた。

夏休み

三溪園の夏は朝が早い。早朝に咲く蓮の花を観賞する催しを、朝六時からやっているのだ。響一は、眠い目をこすりながら出勤した。このところ、毎晩遅くまで、まこと工務店の「新プロジェクト」の準備作業をしていて寝不足だった。

（それにしても、破産管財人から連絡が来ないな。そんなに難攻してるのかな。それに、そろそろ子供たちは夏休みだが、みんなはどうしているだろうか……）

そんなことを考えていたら、美里からメールが来た。話したいことがあるから今晩電話する、と書いてあった。

その晩、美里から電話があった。

「美里♡元気か。誠志郎と梨央はそろそろ夏休みだろう？」

「そうよ。そうなんだけど」

美里の声がおかしかった。

「何かあったのか？」

「全員、響くんパパには言いにくいことばかりよ」

「全員っておまえもか？」

「あたしは、そんなに悪いことじゃないけど。誠志郎が高校へは行かないっていうのよ。淡路島で漁師になりたいって」

「なんだって⁉」

「パパも倒産したし、横浜へ帰るメドも立ってないし、お金もないだろうから、漁師になって自立するって」

「だめだ。誠志郎ならふつうに勉強してれば、ふつうの高校へは行けるだろう？　何も中卒で漁師にならなくても……」

「うちの事情だけじゃなくて、本人がどうしても漁師になりたいんですって。ここらの海はいい魚がいっぱい捕れて、腕のいい漁師さんがいっぱいいるから、自分も若いうちから弟子入りして、そうなりたいんですって。誠志郎は、こっちに来たら都会の価値観を押し付けられなくていいって。もう横浜へ帰りたくないみたいなのよ」

「たった四ヶ月でわかるわけないだろう。あとで俺が誠志郎と話してみるよ。で、梨央は？」

「梨央は逆よ。梨央は絶対淡路島の高校へは行きたくないって。横浜へ帰れないんだったら神戸の高校へ行きたいから、この夏に神戸のおじさんのところへ様子見に行かせてくれって。なんとかおじさんに頼んで、神戸の高校へ行かせてもらえないかって」

「わかった。梨央とも話してみよう。で、おまえは何なんだ」

「あたしは……実は、『タマネギの皮アート』が売れ行き好調で、ネット販売も始めたら注文が多くて、忙しくて身動き取れなくなっちゃったのよ。農協も応援してくれてて、ひと部屋作業用に部屋を貸すから、アルバイトを雇ったらどうかって。もうやめるわけにはいかないわ」

「じゃあ、当分こっちには来れないということか？」

「そういうことになるわね。でも、いいと思わない？　響くんパパは、破産手続きが終わったら、まこと工務店の社員として一から出直すんでしょう？　地道にやっていくのが一番だから、頑張って。でも、これから子供達の教育費もかかるし、お金がいるから、響くんパパはそっちで一生懸命働いて、当分あたしがこっちで稼いで共稼ぎで頑張るのよ」

「それはそうだが……俺はどうなるんだ？　美里。俺はずっと独りぼっちだ。俺は美里に会いたいんだ！　夏に少しでもこっちに来られないのか？」

「そんな子供みたいなこと言ってるの、響くんパパだけよ。みんなしっかり前を向いてるんだから。とにかく今は、あたしにはタマネギが全てなのよ。あたしはタマネギのそばを離れるわけにはいかないのよ」

「おまえは俺より、タマネギの方が大事なのか？」

「そうよ。だって、あたしたち今、タマネギのおかげで食べてるのよ」

「何だって？　待て！　俺が必ずおまえたちをちゃんと食べさせてやる。タマネギなんかに負けるわけにはいかないんだ。タマネギなんかより俺の方が有能だ！　タマネギなんかより俺の方が絶対におまえを愛してるんだ！　美里♡」

「もう、いい年して何言ってるのよ！　そういう問題じゃないでしょ。響くんパパったら、付き合いきれないわ。とにかく、しっかり仕事頑張ってね。響くんパパ！」

「美里！」

プツッ――。

「くっそ〜！」

響一は、『タマネギの皮アート』の額絵をソファベッドの横から乱暴に外して、クローゼットにしまい込んだ。

「ちっきしょう。今に見ていろ。タマネギなんかに、これ以上俺の家族を支配されてたまるか！」

図面作成

　八月も終わり頃になって、破産管財人から連絡があった。財産の処分が終わり配当が決まって、翌週に債権者集会が開かれると言う。ようやく、破産手続きが終わろうとしていた。

　淡路島では、誠志郎の決心は固く漁師になると言って聞かなかったが、なんとか高校までは行くことになった。梨央が高校へ進学するまでにはまだ時間がある。響一は、なんとかまこと工務店の仕事を進め、梨央が高校へ進学する頃までに、美里と梨央だけでも横浜に呼び戻すつもりだった。

　響一は、毎日三溪園の仕事が終わった後、アパートでまこと工務店の新しい仕事のために住宅や集落のデザインを考えていた。とりあえず一日に、それぞれ二十パターンのスケッチをノルマとして自分に課していた。生み出したアイデアは山盛りになってきたが、だんだんアイデアが枯渇してきた。

（何か似たようなのばかりになってきたな。俺はやっぱり、木の愛し方が足りないのかな？）

響一は大工の息子でありながら木造の工法に疎かったので、デザインはモダニズムっぽくなってしまいがちだった。乱雑に描いては床に投げていたある集落のスケッチを一枚、響一はふとつまみあげた。

（何だこれ？　見覚えがあるぞ。何かに似てるな。何だったかなあ？　最近じゃなくて、ずっと前に学生時代に見た覚えが……）

響一は、じっとそのスケッチを見つめた。

（あっ、思い出したぞ。これは、バウハウスのジードルンク（集合住宅）だ。あのヴァルター・グロピウスの完成形じゃなくて、その前のスケッチに似ている。集落の考え方が伝統的から開放的になってきた頃のデザインに似ているということは、俺の考え方も普遍性があるということかな）

響一は閃いた。

（そうだ！　集落もだが、特に建築は日本の木造の工法は元々モダニズムの考え方と似ているんだから、大いに参考にすればいいんだ。カマキンは工業素材で出来てるから六十五年で幕を閉じたが、木材ならもっと長持ちするかもしれないぞ）

が、響一は意気込んだものの、一抹の不安があった。

（バウハウスが生み出そうとしたものは、工業という新しいインターナショナルな共通言語による、誰もが造れる普遍的な建築やコミュニティ社会づくりだ。それをモダニズムと言った。

工業という共通言語をテコにして、モダニズム建築は世界中のあらゆる垣根を軽々と越え革新し、人類共通の快適な建築環境、つまり建築のグローバリゼーションを実現した。

それに対して今俺がやっているのは、トシがいうところの『木の命と環境を守る建築』の模索だ。確かに木の命を無駄にせず環境を守るためには、木材の行き過ぎた工業化、規格化は避けなければならない。それは、行き過ぎたグローバル産業構造の修正になるかもしれない。しかし脱工業化や自給自足を目標にするあまり、地元の昔ながらの建築に逆戻りし、人々のものの考え方まで昔に逆戻りし、地元優先の内向きな『自国主義』に戻ってしまうのではないか。

グローバリゼーションは、人類が到達した幸福の一つだ。せっかくみんなが世界中のことをわかり合える時代になったのに、自給自足産業が蔓延すると歴史が逆行するんじゃないか）

ま、俺が考えることじゃないか、と思いつつ、響一は引っかかっていた。窓からまた月が見えた。響一は気づいた。

(あ、そうなんだ。宇宙だ!)

響一は、頭の中でイメージを手繰り寄せた。

(これからは、宇宙空間で世界中が協力し、地球全体を見回して産業と地球環境の調整をしてくれるといいな。まこと工務店から、宇宙ステーションに、『今うちの会社でチーク材がこれだけ欲しいんだ』と入札を申し入れると、『ミャンマーなら今、チークの伐採余剰があるから受け入れる』なんて答えが帰ってきたら愉快だな。そして、『今は世界中のどこの森林も生育途上だから受け入れられない』と言われたら、みんなで諦めて対策を考えるのだ)

「あ、これ、面白いかも!」

響一は、自分の考えに感動して思わず声に出した。

(これなら、地域の自給自足産業をやりながらでも、常に世界と一緒に環境問題につながれるぞ。要は、地球上の全ての国の一体感が大事だよな。それぞれが地元の環境に責任を持ちながらも、常にグローバリゼーションの中にいて、世界の環境保護と繋がっている感性を共有出来たら。しかし、いくらなんでも、オッサンの俺にはここまで手を広げるのは不可能だ。オッサンがやることは、自給自足産業のシステムをつくるところまでだ。宇宙事業の開発は、次世代の人類にまかせよう。そこで、俺の最も身近な次世代の人類は……？）

「誠志郎だ！」

響一は、早速誠志郎に電話した。

「誠志郎か。ダメ親父の響くんパパだが……」

「響くんパパ、どうしたの？　気にすんなよ。俺はちっとも響くんパパがダメ親父だなんて思ってないからさ」

「本当か！」

「本当だよ。俺は、響くんパパは絶対カッコよく復活すると信じてるよ」

「せ、誠志郎……。おまえは本当にいいやつだな。パパは泣けてきたぞ。ぐすっ」

響一は、涙腺崩壊した。鼻水も止まらなかった。

「響くんパパ、泣いてるの？」

「うん……」

「しょうがないな。そうだ、響くんパパ。この際俺と一緒に漁師になんない？　親子船だよ。かっこいいじゃん！」

「そ、それは……。ぐすっ。残念だが、おまえに引き抜かれるわけにはいかないんだ。俺はすでにトシに引き抜かれてるんだ。今日はその仕事のことでおまえに電話したんだ。ぐすっ」

響一は、さっき考えた宇宙事業のことを誠志郎に話した。

「どうだ。宇宙事業の話はおまえのハートにヒットしたか。地球を守るために立ち上がってはくれないか」

「ヒットって。漁師の仕事は元々宇宙とつながったグローバル産業だよ。俺は漁師になってから地球を守ることを考えるよ」

「そうか」

「貸して！　響くんパパ？」

梨央がいきなり誠志郎からスマホを奪った。

「梨央か。元気でやってるようだな。困っていることはないのか？」

「うちは、元気やで！」

「梨央はすっかり関西弁だな」

「そや。うち、もう横浜には帰れぇへん体になってもうたんや。ほやから、響くんパパ、神戸の高校の学費、頼むわな！」

「わかった。梨央と誠志郎と美里ママと地球を守るために、パパは頑張るぞ！」

「梨央のために頼むわ！　響くんパパは地球なんか守らんでええねんよ。また、コケたらどないすんねん！」

　グサッ。梨央の言葉が響一を突き刺した。

「はい、わかりました。パパは謙虚に頑張ります」


　数日後、響一は横浜市街へ行って、製図板とT定規と三角定規、トレーシングペーパーなどを買ってきた。いよいよ大量に生み出したアイデアの中から、いくつかを図面に起こしてみるのだ。

　根岸森林公園でモーガンの旧『一等馬見所』を見た時、廃墟の前に銘板があり、当時のモーガンの事務所の図面が刻まれていた。美しい図面だった。確かにこの図面を彼らが描き起こし、この一等馬見所が建ち上がったのだという、過去の設計者たちの気迫が伝わってくる気がした。時代に関係なく、やはり手書きとはいいものだ、と響一は思った。響一の場合は、破産管財人にＣＡＤ《キャド》が入ったパソコンも差し押さえられてしまったから、手書きでやるしかなかったのだが。

（ははは、懐かしいなあ。昔懐かしい製図板にT定規だぜ。学生時代ぶりだ。なんか

わくわくするなあ）

響一は、テーブルをきれいに拭き、その上に製図板を乗せた。艶っぽく光るトレーシングペーパーを製図板の上に広げ、端にプレートを乗せて押さえると、トレーシングペーパーはピンと張られた。

「いいぞ」

白く輝くまっさらなトレーシングペーパーを見て、響一は嬉しくなった。次はT定規と三角定規だ。T定規を製図板に乗せて左側のヘッドを製図板にピッタリ合わせ、水平に延びた定規部分に透明な三角定規を乗せると、直角が出来た。

「嬉しいな、これ」

響一は、昔のドラフター（製図台）のようにT定規と三角定規を上下左右に動かしてみた。そして、いよいよ製図に取りかかった。記憶をたどりながら、まずは図面の輪郭線を引いてみる。製図ペンを回しながら、均一の太さの太線を引くのだ。まずは横線だ。T定規に製図ペンを沿わせてやや強めに力を入れて線を引いてみた。まだ体が覚えていて、す～っと美しい線が引けた。

「いいじゃないか！　この線たまらん」

次はいよいよ建築図面。まずは平面図。製図にあたってはまずあちこち定規で寸法を測って微かな線で下書きをしなければならない。そして細い一点鎖線で壁と柱の中心線を引いていく。次に実際の壁の厚み、柱、開口部など、一つ一つ薄い細い線で描いていく。

「なんてアナログなんだ」

この作業には響一は手間取った。しかし慣れてくるとT定規と三角定規できっちり描くのが面白くなってきた。それが終わったらいよいよ躯体《くたい》（構造体）を太線の実線で描き起こしていく。再びやや力を入れて、ペンを回しながら真っ黒な太線を引いていく。シャープな迫力のある線が引けた。

「かーっ、この、線の黒光りがいいんだよな」

響一は悦に入った。

平面図が終わると、立面図に取りかかった。『家』の姿が建ち上がった。だんだんアイデアが現実的な形になっていった。そして、一プランが出来上がった。

「終わったぞ。面白かった！」

響一は、久しぶりに描いた自分の手書きの図面を惚れ惚れと眺めた。

「いいな、これ。描きながら確かに『家』と対話してる気がするよ」

響一は、自分のアイデアの中から住宅の設計プランをあと四つ選び出し、集落の設計五プランと共に、まこと工務店に持って行くことにした。

（その前にトシが三溪園に来たら、見せてもいいな）

これは、助走にもならない作業かもしれないが、自分なりに問題に真剣にアプローチしておくことにしたのだった。響一の再生の時が近づいていた。

残りの図面を仕上げてから、響一はコンビニにビールを買いに行った。外に出るとまた月が出ていた。響一は月を見上げながら歩いた。

（今日は、おかげさまでずいぶん前進しましたよ。そう言えば、もうすぐ観月会ですね。三溪園のバイトもあと少しだ）

響一はまた、月に呟いてしまった。

観月会

九月の半ば過ぎになった。中秋の名月の晩、とっぷりと日が暮れてから、響一は三溪園へ歩を運んだ。三溪園でお月見を楽しむ『観月会』の催しの晩だった。その日の昼間も三溪園で仕事だったが、観月会では特に仕事がないと言われたので、夜になって客として楽しむために再び来園したのだ。

見事な満月が、大池の向こう側の山の端に見え隠れしていた。これから高く昇って秋の空に輝いてくれるはずだ。

はじめて三溪園に来た日のように、響一は大池の前に立って山の上の三重塔を眺めてみた。池の端にある満月の輝きを受けて、夜なのに空は明るかった。空の明るみに鱗《うろこ》雲が無数に浮かび上がり、その一つ一つが月の明かりを受けて虹色に輝いていた。その虹色の鱗雲を背景に、またしても、三重塔がライトアップされて月夜に輝いていた。

響一は仕事で毎日三重塔を観賞しているのに、この夜の三重塔はこれまでの数多の出会いを凌ぐ耽美の極みを見せつけた。その美しさに、彼はまた動きを停められてしまった。

(今夜の三重塔は、サービス満点のCG調だ。俺が毎日一生懸命働いてるから、艶姿を見せつけてくれたのかな)

響一は大池に沿って歩き始めた。園内は月見の客がたくさんいたが、さすがに『蛍の夕べ』に比べれば大人が多く、風流を楽しむにはちょうど良い静かさだった。

(三溪園に来てもうすぐ半年か。来たばかりの頃はまだ倒産後のバタバタの中だったな。巡り会いという言葉があるが、今この時にこの庭園に出会えたことは、まさに俺にとっての巡り会いだ。この出会いが俺の再生の起点になろうとは。この、美しい時の流れのパッケージみたいな名園に巡り会ったことが……)

響一は、園内を眺めながら大池の対岸まで歩き終わり、三重塔の麓にさしかかった。三重塔はさっきと変わらず満月の夜の鱗雲を背景に山の上に聳えていた。近くで見上げると、やはり迫力があって荘厳だ。

ふいに、風に乗って臨春閣の方から賑やかな琵琶の音が聞こえてきた。響一は三重塔の脇を曲がって内苑へ、臨春閣へ向かってみた。

臨春閣では、観月会の催しに、琵琶の演奏をやっていた。「平家物語」だ。響一は臨春閣の池の周りの芝生に腰を下ろした。すると池を挟んだ向こう岸の臨春閣の座敷が、ちょうど舞台のように見えた。座敷の真ん中に大きな琵琶を抱く琵琶奏者がいて、見事な歌唱で平家物語を吟じていた。

琵琶の音は、その弦の強さそのままに、奏者の撥さばきから強く神秘的な音色がはじき出されていた。響一は平家物語のことはよくわからなかったが、平家物語なだけに最後は悲劇的に終わるのだろうと、じっと舞台を見つめ、音を聴いていた。もの悲しい謡に拍子を打つように、時折り琵琶の弦の音がはじき出されて響く。彼はしばらくこの風流な楽の音に時間をゆだねることにした。

破産手続きは完了していた。響一はすでに負債から解放され、ゼロ地点にいた。

（そう、まさにゼロ地点だ。過失責任と負債は精算したことになったが、過去の人生も精算してしまった。本当に何も残らなかった。しかし、俺はゼロ地点にいるからいい。平家のように滅んだわけではない。俺は滅ばないですんだからいいが、俺にとって一番の問題は、誠志郎を守ってやれなかったことだ。これは父親として痛恨の極みだ。誠志郎は本当に漁師になるべき勇敢な男なのかもしれない。が、俺が倒産しなかったら、恐らくはそれなりの大学へ行ってそれなりの職業に就いていただろう。俺を反面教師にして漁業者を選んだのなら、父親としては情けないが、潔く認めて大いに応援しよう。誠志郎は自立心のある強い男だ。あの強さはどちらかといえば美里に似たんだろう。この誠志郎の決断も、彼の才覚のもたらしたものと思って幸運を祈るしかない。もっとも高校へは行くことになったから、あと三年半、出来るだけ彼に寄り添うようにしよう）

琵琶奏者の撥が激しく弦を打ち、楽の音はにわかに速くなった。平家が追い詰められ、行く道に惑っている。謡の音曲もいちだんと声音が高く響き渡る。

（美里と梨央は、まさに行く道に惑っている。俺はできるだけ早く、少なくとも美里と梨央は横浜へ呼び戻して、元通り家族水入らずで暮らすのが正解に決まっていると思ったが、俺が生活再建するまでの間には、二人は淡路島で着々と地歩を固めることだろう。時間を無駄にするわけにはいかないんだからな。彼女たちの人生は刻々と動いているのだ。淡路島で二人は新しい世界の扉を開けたのだ。ずっと横浜で、同じ暮らしをしているだけがいいってものじゃないな。これは俺の方が学んだこと。美里と梨央とは話し合いを続けながら、これからの家族のカタチを模索していくことになりそうだ。俺の家族も破産が起点になって、幸か不幸かはわからないが、再生を始めたんだ）

琵琶の音が激しさを増し、謡も艶やかに高く激しさを増した。演奏は最高潮に達した。平家は意を決して最後の戦に挑んだ。激しい攻防が続く。撥と謡がますます音量を増した。しばらく激しい音曲が続いたのち、やがて奏者は哀愁を帯びた一節を高く長く謳いあげ、平家の哀れを聴衆に伝えると、徐々に声音が弱まって、最後に琵琶の撥が高く上がり振り下ろされた。琵琶の音の余韻が臨春閣に響き渡った。奏者がうやうやしくお辞儀をすると、池を隔てた芝生に詰めた観客から大きな拍手が湧き起こった。響一も精一杯拍手した。素晴らしいお月見の晩だ。

司会者が出てきて次の演目を紹介した。琵琶の演奏は続いた。

(あとは俺だ。平家は哀れにも滅んで、華麗なる物語になった。後世いついつまでも語り継がれる美しい物語に。しかし、俺は滅んでも全く華麗ではない。残されたものに恨まれるだけだ。俺は三溪園に来た時、首をくくる木を探そうかと思ったが、残念ながらこの庭園の木はみんな美し過ぎて、首をくくれそうな木なんて見つからなかった。三溪園の美しさが、再生に向けて俺をはじき出してくれたんだ。俺は今ゼロ地点だが、すでに再生可能状態だ。あとは、トシやまこと工務店の力を借りて、一心不乱に再生あるのみだ)

響一はそっと立ち上がって、臨春閣の琵琶演奏会場を後にした。遠くに聴秋閣がライトアップされて浮かび上がっていた。響一は少しそれを眺めてから外苑へ戻ると、大池の上に中秋の名月が高く昇っていた。

(私は必ず再生します。どうか、見守っていてください)

響一は満月に誓った。

「あれ、間古渡さんじゃない」

三溪園の清掃員の先輩が、大池に沿った歩道から歩いてきた。

「ああ、先輩。いらしてたんですか」

「見事な満月だねえ。間古渡さん、お月さんにお話ししてたの?」

「本当に。素晴らしい満月になりましたね。はは、私、三溪園に来てから月に話しかけるのが癖になっちゃったんですよ。一人で寂しかったからですかね」

「ははは、月と対話したり、石と対話したり、木と対話したり……友達が増えてよかったね」

「ええ、まあ。おかげさまで」

響一は苦笑した。

「あ、そうだ。間古渡さん、辞めちゃうんだって?」

「はい、来月で。新しい仕事のメドがついたものですから。短い間で申し訳ありませんでした」

「間古渡さんはまだ若いから。アルバイトなんかしてないで、もうひと仕事頑張って。でも、残念だねえ。一生懸命やってくれてたからなあ」

響一は先輩と一緒にぶらぶら園内を歩いた。

「奥さんはまだ淡路島にいるの？」

「そうなんですよ。あっちで仕事始めちゃったもんですから」

「ああそう、最近は女の人も働くの当たり前だからなあ。いいじゃない、ダブルインカムで。うちのかみさんも少しはどっか行ってくれないかなあ」

「はあ？」

外苑にも臨春閣からの琵琶の音が流れ聞こえていて、浮世を忘れさせる宵だった。先輩が、待春軒でビールと三溪そばをごちそうしてくれた。三溪園のお月見で庭園の守り人と酔えるなんて、これも滅多にない良いものだと響一は思った。

「間古渡さん、いつか臨春閣の襖絵のこと褒めてたけど、私が一番好きなのは原三溪さんの絵だよ。間古渡さん、見たことある？」

「はい、見ました。私も三溪先生の絵、大好きになりましたよ。あんな立派な実業家なのに、凄く大らかであたたかい絵ですね」

「そうだろう。どこか懐かしいんだよね。私はあの、農家のお父さんがお風呂に入ってる絵が一番好きなんだよ」

「ああ、あれは本当にいい絵ですねえ。一日の仕事を終えた家族の夕方の雰囲気が、ほのぼのとのどかでいいですねえ」

「あくせくしてなくて平和でいいよ。私の子供の頃なんてね……」

先輩は楽しそうに話し続けた。

先輩と響一は、しばらく三溪園の庭や建物の話をしたり、たわいもない世間話をしたりして月夜を楽しんだ。

「今度は奥さんと子供さんと来れるといいね」

「はい。是非、連れて来ます」

満月が高く昇って、大池にその姿を映していた。ライトアップされた三重塔が名月に情趣を添えながら見下ろしている。客たちは三々五々大池の周りや三重塔の麓の茶店などに集まって、めいめいお月見を楽しんでいた。横浜の片隅で、古き良き日本のお月見を楽しんでいた。

繋がる　ニュートリノ

十月になり、響一が三溪園の清掃員の仕事を終える日が近くなっていた。敏夫は、響一が三溪園にいる間に、響一に木造指南をするために来ると言っていたのに、忙しがってついぞ現れなかったが、ついにこの日やって来るという。

響一は、敏夫と臨春閣の芝生の前のベンチで待ち合わせていた。早めに着いたのでゆっくり池の周りを散歩していたら、また白鷺がやってきた。白鷺は今度は池の浅瀬に入り込み、餌を探す素振りをしていたが、響一の前でまた立ち止まり、例の片足を上げるポーズを決めた。

響一は、白鷺のドヤ顔アピールが目障りだった。

「おい、白鷺！　おまえ何でいつも俺の前に現れるんだよ。おまえ俺に気があるのかよ。だけど、俺に科《しな》を作っても無駄だぞ。俺には美里っていう最高の嫁さんがいるんだからな！」

響一は苛立って、白鷺に文句を言った。すると、

「響一兄い、何、白鷺と対話してるんだよ」

いきなり敏夫が現れた。

「対話じゃねえよ。文句だよ。こいつ、いっつも俺の目の前に現れて、ナルシストぶりアピールしやがって、面倒くさいやつなんだよ。ところでやっと来たな。トシ、いや社長。社長の教えはありがたかったけど、社長が対話、対話って言うから、そればっかやってたら、俺は三溪園で変人扱いだぜ」

「対話って言っても、いちいち話しかけることじゃないよ。相手を理解しようとつながることだよ」

「つまり、愛することなんだろ？」

「その通りだ」

「おまえの方が変人ぽいと思うが、言ってる意味はよくわかったよ。それは三溪園でよく学んだんだ」

「そうだ。全ては繋がっているんだから、我々の仕事はその繋がりの中で愛を忘れずやるべきだということだ」

「確かにその通りだな。ちょっと気持ち悪いけど、おまえの言う通りだとは思うよ」

敏夫は、目を臨春閣に移した。

「ところで、臨春閣を久しぶりに見たけど、本当に優美だな。こんな建築を一生に一度でいいから建ててみたいなあ。響一兄いも感動したんだろ？」

「超感動した。初日に見てびっくりしたよ」

敏夫は、建築についてのいろいろな事を響一に説明してくれた。さらに、

「響一兄いはカマキンに心酔してたけど、俺はカマキンの面白さって臨春閣に通じると思うんだよ。臨春閣の中へ入ってみろよ。廊下伝いにくねくね曲がりながら歩いていくと、庭や室内の景色が次々に変わって、本当に趣の極致だよ。日本の家屋って池や庭を囲んでて、どの部屋もバルコニー状態だ。凄い贅沢だと思わない？　こういう贅沢は俺、是非とも復活させたいよ」

「確かに。坂倉先生もそういう日本の建築美の感覚を表現したのかもしれないな」

聴秋閣も見た。敏夫が言った。

「これは、川に浮かぶ船に見立てていると聞いたことがあるよ。ほら、奥から見ると側面が五角形でとんがってて船みたいだろ」

二人は聴秋閣の前の山道を登って、上から見てみた。

「本当だ。まるで川に浮かぶ船みたいな形だな。そう言われてみれば二階部分が船の

煙突で、欄干が船の甲板の柵みたいだな」

「ははは、面白いなあ。川の水量が多い日だったら、本当に船に見えるよな」

二人は、この建物のどこまでも続く遊び心にあらためて感動した。

「これ本当は、はじめから真面目に作ろうと思った建物じゃないんだよ、きっと」

「江戸城にあったのが、春日局に下賜されたんだろ。将軍家なんだから、余興の小建築くらい建てる財力はあるよな」

「ここまで勝手に遊ばれると、逆に勇気が出るな。こっちも常識を取っ払って、どんどん遊んでやれっていう気になるよ。木っていうと、どうも在来工法だったり、伝統技術だったり、真面目になりがちだけど、全てを木でやれと言われたら、面白建物も徹底的に木でやり尽くしてやれっていう気になるだろ。もっと木を使って遊ぶ余地ありありだよな」

「全くだ。臨春閣にしても聴秋閣にしても、当然この時代はオール木造なんだから。オール木造で何でもやってやるぞっていう勢いを感じるよな。今の時代だって、全部木造でやってやれ、と振り切ったら木造建築の可能性はもっと無限大に広がるはずだよ。俺らももっと木に自信をもってどんどん開発していこうよ。木造育ちじゃない響一兄いのアイデアに期待するよ」

響一の発言に敏夫も賛同した。

最後に二人は、園内の一番奥の方にある『旧矢篦原家住宅』をじっくり観賞した。岐阜県にあった大きな合掌造りの古民家だ。

「立派な建物だなあ」

「すげえなあ」

「これだけ立派な木材だったら、二百五十年もつんだな。凄い迫力だ。こういう建物にも挑戦してみたいよね」

「でも、こんな木材神奈川県にないだろう」

「製材しないで、丸のままで適材適所で使えばイケないかな」

「二本組み合わせるとか」

「なるほど。それもアリかもな。響一兄い、いいこと思いつくじゃない」

「合掌造りって一度考えてみる価値あるんじゃないか？」

「確かに。今後本気で使い捨て住宅を止めるんなら、このくらいの規模の家を建てて百年、二百年住み継ぐとか、リフォームありきの住み方の提案とか、いろいろ考えることがありそうだな」

「オール木造の町をつくるんなら、市役所とか学校とか、合掌造りでよくね？」

「それもアリだよな。ちょっと小さいようだったら、いっぱい建てて平置きにするとか、渡り廊下で繋ぐとか、ヨーロッパみたいに広場をつくって囲むとか。とにかく既成概念にとらわれないで、どんどんアイデアを出していこうか」

「オッケー。それ、いいと思う。新しい切り口の木造の町っていうのも、夢が広がるな」

「あ、その『木造の町』っていうのイメージしやすくない？　『木造の町』のイメージで社員全員に、毎回テーマを変えてアイデアスケッチを宿題にして出してもらおう。先入観なしで遊んでもらうんだよ。絶対面白いものが出てくるぞ。早速《さっそく》やるぞ。響一兄いが戻ってくるまでに、社内の温度を上げておくからな」

「俺はすでに取りかかってるぞ。描き溜めたものとか、図面に起こしたものとか、たくさん出来たのをこの間送っただろう？」

「うん。ありがとうね。じっくり拝見したよ。さすが響一兄いだ。凄い細かいところまで考えてあって、素晴らしかったよ。確かにモダニズムっぽいのが面白いね。実に新鮮でいいよ」

「仕口《しぐち》（方向の異なる二つ以上の部材をT字形やある角度で接合したり、交差させること）のやり方とか実は俺、あんまりわからないから、教えてくれ」

「仕口もだけど、響一兄いに一番勉強してほしいのは、木の無駄遣いを減らすっていうことかな」

「木の無駄遣い？」

「廃材を出さない工夫だよ」

敏夫は、囲炉裏端にあぐらをかいて座り込んだ。響一も隣にあぐらをかいて座った。敏夫が話し始めた。

「モダニズムってのは、工業素材でつくるんだから、はじめに規格化ありきだろ。木も寸法通り製材しなきゃならない。でも、木は生き物だから二本として同じ形はないよ。それに、木は自然の中で一生懸命生きてたんだから、そのままの姿が一番強いんだよ。だから、出来るだけ木の繊維を断ち切らないですむ組み方を考えてほしいんだよ」

「難しいな。ずいぶん野性的な建物になりそうだ」

「西岡棟梁の口伝、知ってるだろ？

『堂塔の建立の用材には木を買わず山を買え』――堂や塔を建てるための木は山を丸ごと買って、自分で山に行って生えている木を見て使い道を決めろという意味だ。

『木は方位のままに使え』――山で木を見たら、山の北側の木は建物の北側の柱に、山の南側の木は建物の南側に使え、だ。木が建物になった時にも、それが一番性質が適しているということだよね。

『堂塔の木組みは寸法で組まず木の癖で組め』――木は最初から安易に製材して寸法を出して組むのではなく、生えていた場所などで出来た癖を上手く生かして組めということ。

西岡棟梁の口伝は寺社の堂塔を造るためのものだけど、俺らも使い捨てにしない住宅を造るなら大いに参考にするべきだと思うよ。俺らも頑張るから、響一兄いも頑張って、木の本来の性質を生かしたものづくりを心がけてほしいよ」

「わかった。早速勉強する」

西側の出入り口から一筋の風が吹いてきた。秋の香りの風だ。響一が続けた。

「俺もこの仕事を始めるにあたって、思い出した口伝があるぞ。

『木の癖組みは工人の心組み』――木と同じように、人にも人によって癖（才能）がある。棟梁はその人の癖を見抜き、上手につかってやらねばならないということ。

『工人たちの心組みは匠長《しょうちょう》が工人への思いやり』――棟梁が工人の心を汲んで一つにしなければならないが、そのために大事なのは思いやりだということ。

『百工あれば百念あり、これを一つに統《す》ぶる。これ匠長の器量なり。百論一つに止《とど》まる、これ正なり』――百人いれば百人の考えがある。これを一つにまとめて仕事を完成させるのが棟梁だ。

俺は出戻りの新入りだが、年長者ということで心しておくよ」

「それを言うのは、俺の方だ。グサッと刺さるよ。その後の口伝が怖いよ。『百論一つに止める器量なき者は謹み畏《おそ》れて匠長の座を去れ』――だからな。みんなをまとめて次の時代の仕事をやり遂げられるように、『まことの愛』で全身全霊頑張るよ。響一兄い、よろしく頼むよ」

「おう。おまえと社員のみんなを盛り立てて頑張るよ。こちらこそ、よろしくお願いします。社長」

「よし。面白くなってきたよな！　響一兄い」

「おお。面白くなってきたぞ！　トシ」

響一と敏夫はがっちり握手した。

響一と敏夫はひと通り見学して、再び大池の方へ向かった。

「いやあ、響一兄いと三溪園を見る約束のために時間をつくって来て良かったなあ。凄く刺激になって、やる気が出てきたよ」

「俺も。何しろここは宝の山だよ。日々刺激や発見があるんだよ。ちょっと辞めるのもったいないなと思うこともあるよ。俺、ここを紹介してくれた不動産屋さんに懇ろにお礼をしようと思ってるんだ。三溪園にもある横浜焼きの陶器とか、そういうものを贈ろうと思ってるんだよ」

「え、響一兄い、不動産屋さんにそんな高価なお礼をするの？」

「当然だよ。不動産屋さんにここを紹介してもらったおかげで、俺は再生することが出来たんだ。不動産屋さんにはいくら感謝しても感謝しきれないぜ」

「そうか。まあ、それもそうだけど、でも、そこまでは必要ないんじゃないかな」

敏夫がぶつぶつ言っていると、中学生のグループに出くわした。社会見学だろうか。何やら、騒いでいる。眼鏡をかけた秀才風の生徒が、他の生徒をからかっていた。

「あ、今おまえの頭にニュートリノが入っていった。あ、今ニュートリノ、おまえの尻から出て地面に入ってった」

「んなわけないだろ。見えるわけないじゃん」

「見えなくてもニュートリノはずーっと降り注いでて、いつも体の中を通過して、椅子とかも通過して地面に入ってるんだよ」

「えっ、気持ち悪いよ。俺の体の一部が椅子の一部になってるみたいじゃん。ニュートリノが俺と椅子と地面を繋げてるってこと？」

「かもしれない」

「いつも？」

「いつも」

「うっそ～！　マジ？」

「だって、それで梶田博士がノーベル賞取ったんだよ」

敏夫が中学生のグループに割って入った。

「ちょっと君たち！　今言ってたこと、ほんと？」

「ニュートリノのことですか？　本当ですよ」

秀才風の少年が答えた。

「ニュートリノっていう素粒子が、いつも大量に宇宙から降り注いでて、素粒子だから、超小さいから、いつも人間とか木とか家とかの中を通過して、地面に入っていってるんです。でも、それがちゃんと質量があって運動もしてるのを、梶田博士が発見してノーベル賞を取ったんです」

「えっ、じゃあ例えば、おじさんがこうやって石を持って木に寄りかかってたら、ニュートリノは、石の中を通ってからおじさんの中を通って、木の中も通って、土の中も通るってこと？」

敏夫は、実際に足元の石を拾って高く持ち上げた姿勢で木に寄りかかった。

「そうだと思います」

秀才風の少年が断言した。

「そうか！　教えてくれてありがとう！　おじさんにとっても大発見だよ！」

興奮した敏夫は、石を持った手をズボンで拭いてから、少年の手を熱烈に握りしめた。

「そうですか……」

秀才風の少年は怪訝そうな顔をしていた。

敏夫が満面の笑みで響一を振り返った。

「やった！　ついに証明されたぞ、響一兄い！」

「？」

「俺と木と石と土は繋がっていることが！　ニュートリノが全てを繋げていることが！」

「別に、ニュートリノが繋げてるわけじゃないんだろ？」

「いや、間接的に繋がっているということだろう？　やっぱり俺の考えは間違っていなかったんだ！　全ては繋がっているんだ。そう思うと、ますます木と仲良くする気になるだろう？　木が他人じゃないことが証明されたんだからな！」

敏夫の興奮は冷めやらなかった。

響一は、毎度のことながら固まった。

「そうか。なんだか知らないが、良かったな。て言うか、おまえ、本当に大丈夫？社長なんだろ？」

「タマネギに妻を取られた響一兄いよりはマシだろう」

「うるさい！　それを言うな。俺は必ず、美里をタマネギの手から取り戻す！」

「だったら、しっかり働けよ」

大池の岸辺に咲く萩の花の上から、三重塔が響一と敏夫を見守っていた。


〈完〉

■参考文献

小川三夫著『棟梁』（文春文庫）
西和夫著『三溪園の建築と原三溪』（有隣新書）

この小説はフィクションであり、実在の人物、団体とは関係ありません。

著者プロフィール
春田 尚（はるた なお）
1961年神奈川県生まれ
金沢美術工業大学
産業美術学科 工業デザイン専攻卒
神奈川県在住

カマキンとニュートリノ —建物と対話する男たち—

2022年12月15日　初版第１刷発行

著　者　春田 尚
発行者　瓜谷 綱延
発行所　株式会社文芸社
〒160-0022　東京都新宿区新宿１－10－１
電話　03-5369-3060（代表）
03-5369-2299（販売）

印刷所　株式会社暁印刷

ISBN978-4-286-26033-4